이화다문화총서 교육 1

# 외국에서의 한국어 교육(Ⅰ)

### 이화여자대학교 다문화연구소 편

박문사

이화다문화총서 교육1

# 발간사

20세기 후반기를 거쳐 21세기에 접어들면서 우리 민족과 국가는 세계사에서 새로운 위치를 가지게 되었습니다. 세계에 존재하는 수백의 국가 혹은 수천의 민족 중에서 경제적인 측면이나 언어 사용의 인구수적인 측면에서 우리 민족과 국가는 전체적으로는 세계 10위 내외의 서열에 자리매김하는 도약을 이루고, 그것을 공고히 하는 토대를 구축하였습니다. 더 나아가 몇몇의 분야에서는 세계 최고라는 위치까지 자리매김하게 되었습니다. 그 결과, 인근에 있는 국가에 국적을 두고 있는 많은 사람들의 머리 속에 〈새로운 인생의 구상은 한국의 노동자 생활에서부터〉 혹은 〈새로운 인생의 구상은 한국인과 결혼함으로써〉라는 생각이 자리잡게 되었습니다. 이로 인해 〈Korean Dream〉을 이루려는 많은 나라의 외국 여성들이 한국에 시집을 와서 한국의 가정을 이루거나, 외국 남성들이 한국의 노동자로 와서 하나의 집단 사회를 이루는 상황이 생성되어, 세계에 유례를 찾아 볼 수 없는 〈한국적 다문화 사회〉가 이루어졌습니다.

　이러한 우리의 현재는 과거로부터 물려받은 유산에 바탕을 둔 것이
지만, 과거에 항상 이러한 모습을 가지고 있었던 것은 아니었던 것 같
습니다. 지구상의 많은 언어와 민족이 생멸을 하거나, 혹은 분열과 통
일을 반복하면서 축소와 확장을 하게 되는데, 우리 민족 역시 예외가
아니었습니다. 한반도와 만주 일원에 살던 종족이 (고)조선의 등장으
로 단일민족에 의한 언어공동체를 생성한 후, 한 민족 둘 이상의 국가
라는 분열된 양상과 한 민족 한 국가라는 통일된 양상을 되풀이해 왔
습니다. 최초의 분열은 한사군의 설치로 인해 남북 언어의 분열이었을
것입니다. 이 분열은 통일신라에 의해 하나의 언어공동체로 재통일되
었습니다. 하나의 언어공동체로 지내오다가 20세기 중반에 다시 남쪽
과 북쪽으로 분열되는 양상에 처하게 되었습니다. 이러한 분열된 양상
에도 불구하고, 한반도의 남쪽은 20세기 후반을 거치면서 비약적인 발
전을 거듭하여 21세기 초반기에 이르러 세계사의 한 축으로 발돋움하
기에 이르렀습니다. 그 결과 〈Korean Dream〉을 이루려는 많은 외국
인들이 한국에 몰려오는 상황이 생성된 것입니다.

　이러한 새로운 사회의 생성에 능동적으로 대처하기 위해 이화여자
대학교에서는 다문화연구소를 만들게 되었습니다.

　이화여자대학교 다문화연구소는, 동화주의를 넘어서는 문화적 권리
의 상호 평등을 인정하고, 학술연구와 현장실천을 잇는 연구·교육·
정책의 순환적 모델을 구축하고자 합니다. 더 나아가 현재와 미래의
다문화 현상에 대한 연구·정책개발을 위해 다문화와 관련된 DB를
구축하고, 교내외 연구·교육자원의 네트워크를 통한 다문화 연구·
교육 역량을 극대화하면서 국내외 유관기관과의 교류를 통한 파트너

십을 구축하고자 합니다.

 그러하여 우리 연구소는 문화적 역량으로 사회통합을 이끄는 21세기 다문화전문 연구기관이면서, 다문화 시대의 한국 사회·문화 발전을 선도하는 학제간 종합 연구기관이 되고자 합니다. 동시에 다문화사회에서 소통과 공존을 선도하는 다문화 연구·교육 공동체가 될 것입니다.

 이러한 일을 효과적으로 수행하고자 이화여자대학교 다문화연구소에서는 ≪다문화연구≫라는 학술지와 ≪이화다문화총서≫를 간행하고자 합니다. ≪이화다문화총서≫는 우선 언어, 사회, 의학, 교육의 네 분야로 나누어 출간됩니다. 한국의 다문화사회를 진단하고, 공존과 조화의 길을 찾기 위해 〈언어〉에서는 언어와 문화의 상관관계, 언어의 보편성과 개별성의 관계, 언어간 비교 대조의 문제 등을 다루게 될 것입니다. 〈사회〉에서는 다문화 사회를 진단하고 사회통합프로그램을 구축할 수 있는 사회적 역량을 구축하고, 이를 제도화할 수 있는 방안을 연구하고 실천할 것입니다. 〈의학〉에서는 이주민의 건강과 관련된 문제 즉 이주민과 원주민의 면역체계, 다문화가정 자녀와 한국인의 면역체계, 다문화가정을 위한 임신 출산 등 다문화 가정과 의료 건강 분야에 관한 것이 다루어지게 될 것입니다. 〈교육〉에서는 이중언어사회에서의 언어교육에 관한 문제, 특히 국내의 경우 다문화가정과 그 자녀을 위한 한국어교육의 문제, 국외의 경우 동포들의 자녀에 대한 한국어 교육, 외국인을 대상으로 한 한국어교육 등의 문제가 주로 대상이 될 것입니다.

　　우리 연구소에서는 현재보다 더 나은 사회를 구축하는 데 약간의 도움이 되기 위해 이 책을 간행합니다. 현재보다 미래가 좀더 밝은 민족, 현재보다 좀더 강력한 국가가 되고, 그 속에 살고 있는 모든 사람이 다같이 더불어 살아가는 사회가 되기 위한 조금의 밑거름이 되기를 희망하면서 이 책을 간행합니다. 좀더 많은 사람이 이 분야에 애정어린 관심을 기울여 주시기를 기원합니다.

2009년 5월 30일
이화여자대학교 다문화연구소장  박창원

이화다문화총서 교육 1

# 목차

# 외국에서의 한국어 교육(Ⅰ)

# 중국 연변의 조선족 교육 현황과 해결책에 대한 소견

김영수

　연변조선족자치주는 중국 길림성의 동부에 자리 잡고 있다. 총면적은 42,700제곱킬로미터로서 길림성 전체 면적의 약 4분의 1을 차지하는데 남한의 2분의 1가량의 면적에 가까우며 지리적으로 조선과 러시아와 인접해 있거나 마주하고 있다. 행정관할구역으로는 연길시, 훈춘시, 용정시, 화룡시, 도문시, 돈화시 등 6개시와 안도현, 왕청현 2개현이 소속되어 있다. 우리 조선민족이 두만강을 건너 이 연변 땅에 뿌리를 내린 지도 한 세기 남짓한 세월이 흘렀다. 현재 중국 땅에는 우리 민족이 198만 명이 살고 있는데 중국의 56개 민족가운데서 인구 순위가 13번째에 있다. 그중 주축을 이루는 연변 땅에 81만 명이 살고 있어 중국에서의 우리 민족의 가장 큰 집거구로 되고 있다. 장장 한 세기란 세월을 경과하면서 우리 민족은 이 땅에서 피와 땀을 흘리며 민족

의 얼과 문화를 지켜왔다. 특히 해방 후 중국공산당의 정확한 소수민
족정책하에 민족평등권과 민족자치권을 부여받고 지성인들의 끊임없
는 노력하에 조선족의 언어와 문화 교육에서 커다란 성과를 이룩하였
다. 그 역사를 간단히 돌이켜 보면 1952년에 연변 땅에서 소학교교육
을 보편화했고 1958년에는 초급 중학교를 보편화했으며 고급 중학교
를 확산시켰다. 그리고 1958년에 연변조선족자치주는 중국 경내 최초
의《문맹퇴치문화주》로 되었으며 중국 땅에서 연변을 중심으로 하는
조선족학교교육망을 형성하고 사회주의민족교육체계를 확립했다. 이
와 같이 민족교육을 살리고 우리의 우수한 문화전통을 뒷받침하는 말
과 글을 지킴으로써 중국에서 가장 우수한 소수민족으로 자리매김을
하였으며 따라서 민족적 자부심이 강한 민족으로 되었다. 하지만 우리
민족의 우수한 문화적 전통과 민족어교육이 개혁개방 후, 특히 지난
세기 90년대 중반기부터 인구유동, 경제부진 등으로 적지 않은 진통을
겪게 되면서 민족어교육에 일련의 위기가 조성되고 있다.

  본고에서는 현재 연변의 민족어교육에서 나타난 위기들을 고찰, 분
석하면서 나름대로의 해결책을 찾아보려고 한다.


## 1. 조선족교육의 위기와 그 원인

  연변에서의 조선족 학교교육은 1906년 민족 지사들이 용정에 처음
으로 세운 신식학교 서전서숙부터 이미 100년의 역사를 갖고 있다. 어
찌 보면 우리 민족이 만주 땅으로 이민하면서부터 우리의 민족교육이
시작되었다고 할 수 있다. 이는 우리 민족이 얼마나 교육을 중시하였

는가를 보여주기도 한다. 하지만 이러한 민족교육은 농경문화를 바탕으로, 조선족집거구를 울타리로 형성되었기에 개혁개방 후 경제구조의 변화, 인구유동, 가치관념 등의 충격으로 전례 없는 위기에 직면하게 되었다. 그 위기는 교육의 구성요소로 되는 교육의 장소 즉 학교, 교육자와 교육을 받는 자에게 많은 어려움을 조성하고 있다.

우선 교육을 받는 자가 대폭 감소되면서 학교 수가 급격히 줄어들고 있다.

지금 연변에서의 민족어교육은 심각한 위기에 처해있다고 하여도 과언이 아니다. 특히 학생 수의 감소와 이로 말미암은 조선족학교의 통폐합이다. 연변지구 도시 조선족소학교의 경우 신입생은 2002년에는 4,210명이었으나 2006년에는 2,290명으로서 2002년에 비해 45.6% 감소되었다. 농촌 지역의 상황은 더욱 엄중하다. 2001년 연변지역 농촌소학교 재학생수는 4,368명이었으나 2006년에는 3,097명으로서 2001년에 비해 29.3% 감소되었다.

학생 수의 감소로 말미암아 조선족학교의 통폐합이 불가피하게 되었다. 연변농촌지역 조선족소학교수는 2001년에는 43개소였으나 2006년에는 30개소로서 2001년에 비해 32.6%나 감소되었다.

21세기에 들어서서 불과 5,6년 사이에 이와 같이 학생 수가 줄어들면서 학교 수가 적어지는 것은 실로 불안스러운 일이다. 이와 같은 상태가 계속 지속된다면 우리는 조만간에 우리의 교육터전을 다 잃을 수도 있다.

다음, 교육자들의 자질이 떨어질 뿐만 아니라 교육자의 수도 줄어들고 있다.

지난 세기 90년대 초반까지만 하여도 조선족학교의 교수수준이 한족학교보다 못지않다는 평가가 보편적이었지만 지금은 사회적으로도 조선족학교의 교수수준이 한족학교에 비해 뒤떨어진다고 한다. 이는 근거가 없는 말이 아니다. 일전에 조선족학교와 한족학교의 수학시험점수를 비교해 보았는데 소학교의 경우 조선족소학교의 평균점수는 60.4이고 한족소학교의 평균점수는 65.8이었으며 중학교의 경우에는 조선족중학교는 68.5였고 한족중학교는 71.2였다. 이와 같은 현상이 도래되는 데는 교원대오의 자질과 관련된다. 지금 초급중학교의 교사가운데 대학학력의 소지자는 53.2%밖에 안 된다. 학력 미달자 또는 비사범계 출신들이 상당한 수를 차지하는데 전문지식이 결핍할 뿐만 아니라 사명감, 책임감에도 문제가 적지 많다. 교사대오는 이처럼 자질이 높지 못할 뿐만 아니라 극히 불안정한 상태에 처해있다. 1991년부터 2000년 10년 사이에 우리 주에서 학교를 떠난 교사가 4,208명으로써 교사 총수의 53.1%를 점하는데 그 중 1998년부터 2000년까지 3년 사이에만 교직을 버린 교사가 1,145명으로써 교사총수의 14.5%를 차지한다.

그리고 교수내용과 시간배치에도 적지 않은 문제점들을 안고 있다. 초급중학교 조선어문교과서를 보면 문법항목 설정에서 단독으로 설정하고 취급한 것이 아니라 연습문제 뒤에 문법지식이라는 부분이 없이 단도직입적으로 설계하였으며 문법내용배치에서 문장성분의 차례가 언급되지 않고 문장의 종류를 언급함에 있어서 내용에 따르는 문장의 종류를 다루지 않는 등과 수업시간이 적은 등 불합리한 문제들이 나타나고 있다.

상술한 민족어교육의 위기에는 주객관적 원인들이 있다고 본다.

첫째, 객관적으로 볼 때 언어는 교제도구이다. 현재 통신수단과 대중전파매체의 발달로 하여 사람들의 언어선택은 실용화한 방향으로

흐르고 있으며 실용성을 기준으로 하는 언어선택은 현대화를 지향하고 있는 소수민족의 문화적 생존과 발전을 직접적으로 위협하고 있다. 또한 현대사회에서 사람들이 민족과 문화를 떠나서 직업과 생활에 밀접히 관련되어 있는 언어를 선호하기 때문에 소수민족의 언어는 내부적으로도 소망될 가망이 점점 커가고 있다. 민족간, 국가간의 교류가 부단히 증가됨에 따라 언어의 "실용"적인 특징이 뚜렷해지고 있으며 통용 언어를 국가의 공식적인 "국어"로 활용하는 것이 일상화되고 있는데 이 역시 객관적으로 소수민족언어의 자연적인 도태를 초래하는 촉매역할을 하고 있다.

이런 객관적 요소로 하여 연변의 조선족들 사이에도 조선어(한국어) 무용론이 적지 않은 시장을 갖고 있다. 얼마 전에 우리는 "한어와 조선어가 어느 것이 더 필요합니까?" 하는 물음으로 99명 학부모한테 설문조사를 한 적이 있다.

학부모들의 입장에서 한어와 조선어가 어느 것이 더 필요한가 하는 물음에 조선어가 필요하다는 부모는 16명, 한어가 필요하다는 부모는 61명, 모두 필요하다는 부모는 21명이다. 이것이 바로 중국조선족의 모어에 대한 태도의 현실이다. 중국에서 사니까 사회에 나가서 중국어를 하여야 하고 조선어는 오직 집에서나 조선족 중소학교에서만 사용하기 때문이라는 것이다. 여기서 보면 조선어가 한어보다 더 필요하다는 부모가 근근이 16%밖에 안 된다. 이런 인식에서 현재 부모들이 아이를 한족학교에 보내는 비율이 많이 늘어나고 있다. 통계에 의하면 우리 주에서 1985년에는 조선족소학생의 3.6%, 중학생의 6.16%가 한족학교에서 공부하였지만 1995년에는 각각 8.2%, 7.4%, 그리고 1999년에는 9.2%, 8.5%로 그 비율이 증가하였다. 돈화시의 경우에는 한족학교에 다니는 조선족학생수가 전체의 42.9%에 이르고 있고 안도현의 경우에도 전체 조선족 학생의 21.96%가 한족학교를 다니고 있다.

둘째, 경제부진과 더불어 인구유동이 심각하다.

개혁개방 후 연변의 경제는 그 장성 속도가 중국의 다른 지방과 비교해 보면 현저히 뒤떨어지고 있다. 2002년의 통계에 의하면 전주 인구당 연간 수입은 7000원밖에 안 되는데 이는 2000년의 전국의 평균 수치이다. 연변이 소속되어 있는 길림성은 전국적으로 경제가 그다지 발전하지 못한 낙후한 성인데 연변은 길림성 내에서도 9개 지구에서 제6위에 머무르고 있다. 지금 연변경내에는 잘 운영되는 큰 기업체가 담배공장 외에는 거의 없다고 해도 과언이 아니다. 이전에 억지로 유지되던 버스공장, 가스공장, 종이공장 등 큰 기업체들이 거의 다 무너지면서 할 일이 없이 방랑하는 사람들이 급격히 늘어나고 있는데 이 부류에 속하는 사람들이 해외진출, 또는 산해관 이남으로 대폭이동하고 있다. 불완전한 통계에 의하면 무려 20만명에 달한다고 한다. 특히 농촌의 경우가 더욱 심각한데 적지 않은 우리 민족 집거마을들이 한족들과의 연합마을로 되는가 하면 어떤 마을은 한족인구가 다수를 차지하는 마을로 변하고 있다. 여기에는 조선족들이 경제적으로나 교육적으로 낙후한 농촌을 떠나 자식들을 잘 공부시키기 위해 도시로 몰려오는 경향성이 있는 사람들과 젊은 학부모 특히 젊은 어머니들이 돈벌이를 위해 출국 붐에 말려들거나 연해 등지로 이동하는 데도 그 원인이 있다. 지금 연변경내의 농촌들을 보면 조선족들이 많은 부락이라도 젊은 사람, 특히 처녀들은 거의 볼 수 없을 정도로 줄어들고 있다. 따라서 농촌에서의 우리 민족의 출산율은 대폭 떨어지고 있다. 이러한 상황에서 우리 민족교육이 그 대상인 교육을 받는 자가 감소되는 것은 불가피한 현상이 아니라고 할 수 없다.

셋째, 교육자에 대한 자질교육과 사회적 대우가 따라가지 못하고 있다.

목전 조선족교육의 수준이 하강하고 교육자의 자질이 낮은 데는 이러저러한 원인들이 있다. 그 중 가장 중요한 것은 교육자들에 대한 재교육제도가 완벽하지 못하고 사회적으로 교육을 홀시하고 교육자들에게 대한 대우가 높지 못한 것과 직접 관련된다. 연변대학교 조선한국학학원 조문학부와 중앙민족대학교의 조문학부는 전국적으로 유일하게 우리 민족의 중학교 어문교원을 양성하는 기지이지만 그 학과목들을 보면 중학교어문교원들에게 필수적인 과목들이 제대로 설정되지 못하였거나 시간배치가 합리적이지 못하다. 예를 들어 저희 연변대학교 조문학부의 학과목 설정에 "교육심리", "교학리론과 교학사업", "심리학기초", "학습심리와 교육", "교사기능", "조선어문교학론" 등 학과목들이 있기는 하지만 시간배치가 거의 다 일주일에 두 시간 밖에 배정되지 않았으며 이런 학과목에 대한 중시도가 높지 못하며 이 영역을 연구하는 교수님들도 별반 없다. 이런 상황에서 질 높은 교사대오를 양성한다는 것은 아주 어려운 일이 아닐 수 없다. 그리고 중소학교 교사들에게 재교육을 하는 교원진수학교, 교육학원과 같은 단위들이 있기는 하지만 제도적 장치가 없기에 많은 중소학교 교사들이 평생 재충전할 수 있는 기회가 없다. 보통 5년이면 지식이 갱신된다고 하는데 교사들이 평생 재교육을 받지 못하니 그 질이 떨어지지 않을 수 없다.

우리 민족은 자래로 교육을 숭상하고 교사를 존중하는 미량풍속을 가지고 있다. 이런 훌륭한 전통으로 하여 우리 민족은 문화대혁명 전 즉 1966년 전에는 교사직을 보편적으로 선호하였고 교사대오가 질적으로도 한족에 비해 높았으며 안정한 상태에 있었다. 하지만 문화대혁명을 경과하면서부터 교사들이 사회적으로 존중을 받지 못하게 되면서 교사직에 있는 사람들도 긍지감을 느끼지 못하였다. 이러한 상태가 70년대 말부터 조금씩 호전되다가 시장경제가 대두하면서 또 다시 교사직을 홀대하는 바람이 일었는데 대학교 교수들이 미련 없이 교원직을 내놓고 돈벌이에 뛰어드는 현상까지 나타나기 시작하였으니 중소학교의 교사들은 더 운운할 여지도 없게 되었다. 저희 연변대학교는 사범성격을 띤 대학교이지만 지금 졸업생 가운데서 중학교의 교사로 되려는 사람이 별반 많지 않다. 이런 상황에서 교원대오의 질이 높지 못하고 안정될 수 없는 것은 불 보듯 뻔한 일이다.

## 2. 해결방안

민족어교육에서 나타난 상술한 문제들을 시급히 해결하지 않으면 우리의 민족어교육은 조만간에 중국 땅에서 그 위치를 잃을 수 있다. 그러므로 우리의 민족어를 아끼고 사랑하는 사람이라면 반드시 상술한 위기를 풀어나가는데 적극적으로 방안을 모색하고 실천에 옮겨야 한다. 사실 상술한 위기를 풀어나갈 토대가 없는 것도 아니고 방법이 없는 것도 아니다. 일전에 우리는 조선족중소학교 학부모들을 대상으로 설문조사를 한적 있는데 "조선어(한국어)"를 배울 필요가 있는가, 없는가" 하는 물음에 430명 학부모 가운데서 418명이 배울 필요가 있다고 대답하여 97.2%를 차지하였다. 이는 우리의 학부모 절대다수가 중국에서 사니깐 한어를 잘 하여야 한다고는 하지만 우리의 민족어를

절대 버려서는 안 된다고 생각하고 있다는 것을 설명한다. 이런 민족
적 토대가 있는 한 우리의 민족어를 살릴 방안만 타당하다면 목전의
위기를 해결할 수 없는 것은 아니다. 아래에 우리 나름대로의 해결방
안을 제시하고자 한다.

첫째, 중국공산당과 정부의 민족정책을 적극 활용하여 우리의 민족
어를 사용하는 공간을 넓혀야 한다.

연변조선족자치주 조례에는 "조선언어문자는 조선족공민들이 자치
권리를 행사하는 주요한 언어도구이다. 자치주 자치기관은 직무를 이
행할 때 조선어와 조선문자, 한어와 한문을 통용하되 조선언어문자를
위주로 한다."고 명확히 밝혔다. 그러나 실제적 언어사용에서는 이 조
례가 잘 지켜지지 않고 있다. 중대한 회의 예를 들면 인민대표대회나
같은 회의에서만 조선어와 한어를 통용하고 그 외에는 거의 다 한어만
쓰고 있다. 우리 대학에서도 조선한국학학원 외에는 어떤 회의나 다
한어만 쓰고 있다. 실제적 언어사용이 이러하니 우리 민족 내부에서도
벼슬이나 출세를 하려면 한어를 잘 하여야 한다는 경향이 짙어질 수밖
에 없다. 이런 상태를 하루 속히 개변하여 우리 민족어의 중요성을 깨
닫게 하여야 하며 우리 민족어의 사용공간을 될수록 넓혀야 한다.

둘째, 조선족학교 분포망을 조절하여야 한다.

"촌마다 소학교, 향마다 중학교"라는 전통적인 농촌교육 중심의 체
계를 조절하여 자금과 시설이 부족하고 교사와 재학생이 적은 조선족
학교들을 통합해 상대적으로 경쟁력이 강한 조선족학교를 출범시켜야
한다. 이렇게 하지 않고서는 한족학교와의 경쟁에서 필연적으로 뒤지
게 된다. 그리고 도시에 있는 조선족학교의 수용력과 교수의 질을 제
고함으로써 조선족교육의 중점을 농촌으로부터 대담히 도시로 옮겨야

한다. 이렇게 하여야만 산업화, 도시화로 나아가는 시대의 조류에 적응할 수 있으며 우리의 민족교육터전을 확고히 다질 수 있다.

셋째, 교육을 숭상하고 교사를 존중하는 기풍을 조성해야 하며 교사대우를 높여야 한다. 현재 중소학교 조선족교사들의 노임은 상당히 낮다. 게다가 사회적으로도 별반 존중을 못 받기에 아무런 미련도 없이 스스로 교사직을 버리는 사람들이 많아지고 있다. 이를 위해서는 우선 정부차원에서 교사대우를 개선해 주어야 하며 사회적으로 교사를 존중하는 기풍을 형성하는 것이 교사대오의 안정에 절박히 필요하다고 본다.

넷째, 현재의 조선족교사양성학과목들을 조절하여 질 높은 교사대오를 양성할 수 있는 학과목들 설치하여야 하며 조선족교사들이 재충전할 수 있는 제도적 장치가 마련되어야 한다.

현재 조선족학교 교사들을 양성하는 사범학교거나 대학교들의 학과목 배치, 연구 방향 등에서 많은 문제점들이 노출되고 있는데 가장 문젯거리로 되고 있는 것이 대학교에서 배운 지식이 실제 중소학교 교육현장과 이탈되는 점이다. 그러므로 지금의 학과목들을 재검토하고 될수록 빨리 우수한 교사들을 양성할 수 있는 학과목들을 설치하고 배정하여 교사자질을 높여야 한다.

그리고 교사들이 재충전할 수 있는 제도를 마련하여야 한다. 지금 연변에는 교원진수학교, 교육학원과 같은 기지들이 있기는 하지만 교사들이 정기적으로 재교육을 받아야 한다는 제도적 장치는 없다. 사실 연변에서 실시하는 교사양성체제는 구소련의 방법을 따른 것인데 지금 러시아와 동유럽나라들에서는 이미 개혁하여 대학교들에서 중소학교 교사들을 재교육하는 제도를 실시하고 있지만 우리는 여전히 그들의 옛 방법을 답습하고 있다. 그러므로 시급히 교사재교육제도를 실시하여 중소학교 교사들이 재교육을 받을 수 있도록 하여야 한다.

다섯째, 우리의 민족어가 우리 민족이 생존, 발전할 수 있는 훌륭한 도구라는 것을 전 민족이 알게끔 하여야 한다. 지금 우리 민족 내부에는 우리의 민족어를 쓸모없는 언어로 보면서 자식들을 한족학교에 보내거나 스스로 우리의 민족어를 포기하는 사람들이 있는데 이는 너무도 어리석은 짓이 아니라 할 수 없다. 우선, 중국경외에 우리의 언어를 사용하는 조선과 한국이 있는 한 우리의 언어는 국제적으로도 중요한 언어로 자리매김을 하고 있다. 더욱이 한국이 경제적으로 대폭 성장하여 한류열풍은 중국에서도 거세게 일어 한국어를 배우는 한족들이 급격히 늘어나고 있는데 우리 스스로 자기의 언어를 포기하려고 한다는 것은 너무도 어처구니없다. 물론 한어도 잘 배우는 것이 아주 중요하지만 우리 민족에게 우리 민족어의 우수성, 실용성을 널리 선전하여 우리의 언어를 사랑하고 배우려 하는 사회적 기풍을 형성하여야 한다.

끝으로 우리 민족을 사랑하는 사람들에게 "교육이 살면 민족이 살고 교육이 죽으면 민족이 죽는다"는 말을 하고 싶다. 조선민족이 100여 년간 중국 땅에서 민족의 정체성을 확보할 수 있었던 것은 곧 우리의 민족교육이 살아있었기 때문이다. 앞으로도 이 민족교육이 지금은 비록 이러저러한 위기에 봉착해 있지만 우리의 힘과 지혜를 모아 시대의 조류에 맞게 발전시켜 나간다면 우리의 민족어와 문화는 중국 땅에서 계속 꽃피워 갈 수 있으리라고 믿어마지 않는다.

## 참고문헌

『조선어연구』5 흑룡강조선민족출판사 2006년 12월
연변조선족중소학교『조선어문』교육의 현황과 전망 좌담회 논문집

# 2

## 중국 상해 지역 동포 사회에서의
## 한국어 교육의 현황과 과제

## 1. 머리말

　범세계적 범위에서 외국어로서의 한국어 교육의 붐이 일고 있으며 한국어를 사용하는 인구가 이미 8천만에 달하고 있다는 통계 자료를 근거로 지난 세기 90년대 후반부터 시작된 한국어 세계화 사업이 정부의 관심과 지원이 확대되면서 대규모의 사업으로 진행되어 이미 세인이 괄목할만한 성과를 거두었다는 것이 한국어 세계화 사업 관련 부서들의 한결같은 평가이다. 한민족의 인구가 해외 거주자까지 합쳐 7천5백만이라고 할 때 5백만에 달하는 타민족이 한국어를 의사소통의 도구로 사용하고 있다는 말이니 외국인을 대상으로 하는 한국어 교육의 측면에서 볼 때는 한국어 세계화 사업은 거대한 성과를 거두었다고 할 수도 있을 것이다.

그러나 한국어 세계화 사업의 성과는 외국인에 대한 한국어 교육만으로 평가될 수 있는 것은 아니다. 그것은 한국어 세계화 목적 사업이 단순 외국인에 대한 한국어 교육에 국한되는 것이 아니기 때문이다.

한국어세계화재단의 설립 목적 및 목적 사업을 살펴보면 "외국인을 대상으로 한 한국어 교육에 관한 사업"과 함께 "교포 및 그 자녀를 대상으로 한 한국어 교육 사업"이 동시에 명시되어 있다. 국제교육진흥원의 사업 내역을 살펴보아도 "실질적인 한국어 교육과 교재 개발 및 보급도 담당하고 있다. 즉 재외 동포 및 해외 학생들을 대상으로 한국어 교육을 하며, 해외 한국학교 교원을 초청하여 연수시키고 해외 현지 연수도 병행한다. 또한 인터넷을 통한 한국어의 세계화에 노력하고 있다."라고 명시되어 있다. 여기서 우리는 한국어 세계화 사업은 외국인에 대한 한국어 교육뿐만 아니라 본 민족에 대한 한국어 교육도 망라하고 있음을 알 수 있다.

이와 같은 사실은 한국어 세계화 사업에 대한 객관적인 평가는 본 민족에 대한 한국어 교육의 실태에 대한 적정한 평가도 함께 고려될 경우에만 가능하다는 것을 설명해 준다. 그럼에도 불구하고 아직까지는 해외 동포들에 대한 한국어 교육에 대한 전문적인 연구는, 중국의 경우를 놓고 보면 본격적으로 진행되지 않은 것 같다.(엄격한 의미에서 말하면 중국의 경우에는 지금까지는 시도조차 되지 못하고 있는 상항이다.)

이리하여 본 논문에서는 중국 상해 지역 동포들에 대한 한국어 교육 실태에 대한 고찰을 통해 중국 동포들에 대한 한국어 교육에서 존재하는 문제와 그 해결책을 찾아보는 것을 주요 과업으로 삼는다.

중국 동포들에 대한 한국어 교육 연구의 일환으로 상해 지역 동포 사회를 주요 고찰의 한 대상으로 선정하게 되는 것은 다음과 같은 점들을 고려해서이다.

첫째, 상해 지역 동포 사회는 성격상 연변 지역 동포 사회와는 다른 일련의 특성을 갖고 있는데 그 중 가장 중요한 특성이 연변 지역은 우리 동포들이 집거해 있는 지역으로서 「중화인민공화국헌법」에 근거하여 제정한 「중화인민공화국민족구역자치법」 제2조의 규정에 따라 민족자치를 실시하고[1], 동법 제37조의 규정, 그리고 「중화인민공화국교육법」 제10조의 규정에 따라 민족학교를 꾸리고 민족교육을 실시하고 있다.[2] 그러나 상해 지역 동포 사회는 산거지역 동포 사회로서 민족자치권을 행사할 수 없고 자기의 민족학교를 꾸릴 수 없기에 한국어 교육을 포함한 모든 민족 교육이 서로 다른 양상을 보이게 된다.

둘째, 상해 지역 동포 사회는 민족자치권을 행사하지 못한다는 측면에서는 북경 지역 동포 사회와 그 성격이 비슷하지만 북경 지역 동포 사회는 그 형성 역사가 비교적 오랜 바 이미 60년에 가까운 역사를 갖고 있지만 상해 지역 동포 사회는 중국의 개혁 개방 이후 특히 한중수교 이후 새롭게 형성된 동포 사회로서 그 역사가 15년 좌우밖에 되지

---

1) 「중화인민공화국민족구역자치법」(1984.05.31) 제2조에는 "소수민족이 집거해 있는 지방에서는 구역자치를 실시한다."고 규정되어 있다.

2) 「중화인민공화국민족구역자치법」 제37조에는 "각 민족자치 지방의 자치기관은 민족교육을 자주적으로 발전시켜 문맹을 퇴치하여야 하며, 각종 유형의 학교를 꾸려 9년제 의무교육을 보급시켜야 한다. 여러 가지 형식으로 일반 고급 중등교육(한국의 고등학교교육)과 중등직업교육을 발전시켜야 하며, 조건과 수요에 따라 고등교육(대학교육)을 발전시켜 소수민족 전문인재를 양성해야 한다."고 규정되어 있다.
「중화인민공화국교육법」 제10조에는 "국가에서는 소수민족의 특점과 수요에 따라 각지 소수민족 지역을 도와 교육사업을 발전시켜야 한다."고 규정되어 있다.

않는다. 이와 같은 상황은 교육 여건, 교육 목표 대상, 교육 내용 등 많은 면에서 적지 않은 차이를 보이게 된다. 예를 들면 교육 목표 대상의 측면에서 볼 때 상해 지역 동포 사회의 30대는 한국어 교육을 포함한 민족 교육을 상당 정도 받았기에 교육의 목표 대상을 이들의 자녀들로 하향 조정할 수 있지만 북경 지역 동포 사회의 30대는 한국어 교육을 포함한 민족 교육을 받지 못했기에 이들의 자녀는 물론 이들 자체까지도 교육 목표 대상에 포함될 수밖에 없다.

셋째, 상해 지역 동포 사회는 그 형성 역사에 있어서나 그 구성에 있어서 중국의 개혁 개방, 특히는 한중수교와 더불어 형성된 청도, 대련, 천진, 심천 등지의 동포 사회와 거의 비슷한 특성을 갖고 있다. 이리하여 상해 지역 동포들에 대한 한국어 교육 연구는 일정한 보편적 의의도 갖게 된다.


## 2. 중국 동포 사회의 변동과 상해 지역 동포 사회의 현황

중국 동포사회는 중국의 개혁 개방 이후, 특히는 한중 수교 이후 대변동의 시기에 들어서게 된다. 조선족 집거지구의 하나인 연변조선족자치주의 상황만 보더라도 자치주 설립 초기인 1952년에는 조선족이 자치주 전체 인구의 62%를 차지했었고[3] 개혁 개방, 특히는 한중 수교 이전까지만 해도 57.7%에 달했지만[4] 제5차 인구보편조사에 의하면 연변에 거주하는 조선족은 84만 명으로서 전체 인구의 37.5%에 불과

---

3) 1953년 6월 30일 24시를 기준으로 한 제1차 인구조사 보고서에 의함.
4) 1982년 7월 1일 24시를 기준으로 한 제3차 인구보편조사 보고서에 의함.

했다.5) 그런데 2007년 9월말까지 연변의 조선족 인구는 82만 692명으로 36.75%로 줄어들었다.6) 이렇게 연변 조선족 인구는 자치주가 건립된 50여년 사이 급격히 줄어드는 추세를 보이면서 많은 사람들이 연변조선족자치주의 동포 사회가 해체되지 않을까 우려하고 있다. 그 일례로 『연변녀성』에 실린 「조선족 인구 위기를 어떻게 해결할 것인가?」란 기사 내용을 들 수 있다. 이 글에서는 연변 조선족 인구가 지금의 상태로 감소된다면 2050년에 이르러서는 조선족 인구가 51.1만으로 축소될 것이고 2090년에는 19.4만 명으로 축소될 것이며 22세기에는 조선족자치주가 사라질 것이라고 하면서 조선족 인구 위기 해결을 위해 동포 사회 전체 구성원들이 떨쳐나서야 한다고 호소하고 있다. 연변 조선족 인구가 날로 감소되는 이런 추세에 대해 우리는 마땅히 고도의 중시를 돌려야 한다.

그런데 이 기사를 보고 법도 모르는 무지한 사람들의 잠꼬대라고 풍자하는 사람들도 적지 않는데 그 관련 법규가 어떻게 되어 있는가를 보기로 하자. 「중화인민공화국민족구역자치법」관련 규정에 따라 제정된 「민족향행정사업조례」제2조에는 "소수민족 인구가 향(鄕) 총인구의 30% 이상을 차지할 경우에는 규정에 따라 민족향 설립을 신청할 수 있다. 특수 경우그 비례를 조금 낮출 수 있다."7)고 규정되어 있다. 여기서 볼 수 있는 바와 같이 국가의 관련 법류에 따르면 해당 지역의 소수민족 인구가 전체 인구의 30%를 초과할 경우에만 그 행정자치가

---

5) 2000년에 진행된 제5차 인구보편조사 보고서에 의함. 이 조사보고서에 의하면 한족은 전체 인구의 59.29%를 차지하고 있다.

6) 2007년 11월 10일 『상하이저널』참고

7) 본 「조례」는 중화인민공화국 민족사무위원회에서 1993년 9월 15일에 반포 실시하였다.

가능하게 된다. 그러니 36.75%란 수치는 이미 상당히 위험한 수치에 이르렀다고 해야 할 것이다.

그러면 연변 조선족 인구가 날로 감소되는 추세를 보이게 된 원인이 무엇인가를 살펴보기로 하자.

『연변일보』의 한 보도 자료에 의하면 연변의 인구 출생은 소폭 증가세를 유지하고 있으며 인구 출생율과 자연성장 비율은 각각 4.55%와 1.46%인 것으로 나타나고 있다. 이 자료에 근거하면 연변의 조선족 인구는 날로 증가되는 추세를 보여야 할 것이다. 그럼에도 불구하고 감소 추세를 보이게 되는 것은 중국의 개혁 개방과 한중수교에 따른 조선족 동포 사회의 민족 대이동과 관련된다.

연변 조선족 동포 사회는 지난 세기 80년대 말 90년대 초부터 두 갈래로 나뉘어 민족 대이동을 시작하게 되는데 한 갈래는 중국의 개혁 개방 정책에 힘입어 경제가 비교적 발달한 중국의 연해지역, 특히 상해, 청도, 대련, 천진, 심천 등지로 대거 이동하여 활발한 경제활동을 벌리고 있으며 다른 한 갈래는 한중수교에 따른 한국에로의 대이동이다.[8] 이러한 동포 사회의 민족 대이동은 연변 지역에서만 이루어진 것이 아니라 조선족의 집거지역인 흑룡강성과 요녕성에서도 꼭 같이 이루어졌다. 그 결과 개혁 개방 이전의 연변, 흑룡강, 요녕, 북경 등 지역에서만 볼 수 있던 동포 사회가 지금은 상해, 청도, 대련, 천진, 심천 등 연해지역에도 동포 사회가 생겨나게 되었다.

상해 지역만 보더라도 1990년에는 742명에 불과하던 조선족 인구가 2000년에는 5,120명에 달했으며[9] 2004년에는 「임시거주증」을 신

---

8) 한국 법무부의 통계에 의하면 지금 한국에 체류하고 있는 조선족이 14만 5천 명에 달하는데 반수 이상이 연변 조선족이다.

청한 조선족만 하여도 5,626명에 달해 109.9%의 증가율을 보이고 있다.[10] 지금은 상해지역에 장기적으로 거주하고 있는 조선족 인구가 5만에 이를 것으로 추정되고 있는데 이들 대부분은 연변을 중심으로 흑룡강, 요녕 등지에서 이주해온 30-40대의 대학 졸업생들과 그 자녀들이다. 청도, 대련, 천진, 심천 등 지역에도 이와 유사한 경로를 거쳐 조선족들이 대거 집결되면서 새로운 동포 사회가 형성되었다.

이렇게 형성된 상해, 청도, 대련, 심천 등 지역의 새로운 동포 사회는 본래의 동포 사회와는 다른 일련의 특성을 갖게 된다.

우선 상해 등 지역의 동포 사회는 민족 집거지역의 동포 사회로부터 민족 산거지역의 동포 사회로 그 성격이 바뀌게 된다. 그 주거지가 지나치게 흩어져 있기에 민족 간의 교류와 협력의 기회가 줄어들게 되는데 만약 이런 상황이 지속된다면 민족의 정체성마저 시간이 지남에 따라 점차 상실되어 가게 될 것이다.

다음으로 상해 등 지역의 동포 사회는 민족자치를 실시하던 사회 집단으로부터 민족자치권을 상실한 사회 집단으로 전락되게 되면서 본래 갖고 있던 많은 권리를 상실하게 되는데 가장 문제시되는 것이 민족학교를 꾸릴 수 있는 권리를 상실했다는 것이다. 이로 인하여 자기의 민족학교에서 민족어로 현대교육을 받던 동포 자녀들이 자기의 민족어 대신 한어(漢語)로 현대교육을 받을 수밖에 없는 어려움을 겪고 있다.

그 다음으로 상해 등 지역의 새롭게 형성된 동포사회는 연변 등 집

---

9) 상해시 통계국의 1990년 제4차 인구보편조사 자료와 2000년의 제5차 인구보편조사 자료에 의함.
10) 중국 정협 상해시위원회에서 발표한 자료에 의함.

거지역의 동포 사회와는 달리 그 구성원들이 중국적 동포와 한국적 동포로 구성된 새로운 형태의 동포사회라는 것이다. 물론 연변 등 집거 지역의 동포 사회에도 한국적 동포들이 있기는 하지만 그 수가 매우 적어 하나의 집단을 형성하기에는 역부족이지만 상해 등 지역의 동포 사회의 경우에는 한국적 동포들이 차지하는 비중이 상당히 크다. 상해 지역만 보더라도 지금 상해지역에서 사업하거나 학교에 다니는 한국 인은 약 8만에 달하는 것으로 추정되고 있다.11) 이리하여 새롭게 형성 된 상해 등 지역의 동포 사회는 서로 다른 국적, 서로 다른 제도에서 서로 다른 이념을 갖고 생활하던 두 부류의 동포를 하나의 민족공동체 사회로 구축하여야 할 새로운 과제도 안고 있다.

상해 등 지역의 새롭게 형성된 동포 사회는 이렇게 그 구성원의 측 면에서나 그 사회적 지위 또는 역할의 측면에서 자체의 일련의 특성을 보이고 있다. 이와 같은 사실은 이 지역 동포들에 대한 한국어 교육도 다른 지역 동포 사회에서의 한국어 교육과는 다른 일련의 특성을 갖게 됨을 설명해준다. 상해 지역 동포사회의 한국어 교육을 중점적으로 토 론하는 의의도 바로 여기에 있다.

## 3. 상해 지역 동포 사회에서의 한국어 교육의 현황과 과제

지금까지 우리는 중국 동포 사회는 중국의 개혁 개방, 특히는 한중 수교 이후부터 시작된 민족대이동으로 상해, 청도, 대련, 천진, 심천

---

11) 『新華網』(2007년 7월 21일)의 자료에 따르면 지금 상해시에 장기적으로 거주 하고 있는 한국인이 4만 5천명에 달한다고 한다.

등 지역에 연변 등 지역의 전통적인 동포 사회와는 다른 일련의 특성을 갖고 있는 새로운 동포 사회가 형성되었다는 데 대해 살펴보았다. 그럼 이제부터는 상해 지역을 중심으로 이런 지역 동포 사회에서의 한국어 교육은 어떤 양상을 보이는가를 살펴보기로 한다.

상해 등 지역의 새롭게 형성된 동포 사회는 그 역사가 앞에서 이미 고찰한 바와 같이 15년 남짓밖에 안 되기에 이런 지역 동포 사회에서의 한국어 교육 문제는 주로는 10대 청소년들에 대한 교육으로 압축될 수 있다. 이리하여 상해 지역 동포 사회에서의 한국어 교육은 주로 10대 청소년들에 대한 한국어 교육을 중심으로 살펴보기로 한다.

상해 지역 동포사회는 앞에서 이미 지적한 바와 같이 아직까지는 중국적 동포 사회와 한국적 동포 사회가 부동한 성격의 동포 사회로 병존하고 있는 것만큼 그 교육도 서로 다른 양상을 보이고 있다. 이리하여 우리의 고찰도 두 측면으로 나누어 진행되게 된다.

한국적 동포사회에서의 한국어 교육은 우선 정규교육을 통해 진행되고 있다. 상해 지역 한국적 동포 사회에서는 한국 정부와 한인 단체의 대폭적인 지원과 협력에 힘입어 자기의 학교를 꾸리고 정규적인 현대교육을 진행하고 있다. 그 일례로 상해한국학교를 들 수 있다.

"세계의 경제대국으로 부상하고 있는 중국의 최대 경제도시인 상해에 한·중 양국 정부가 공인한 상해한국국제학교를 설립하여 상해 교민의 자녀들에게 한국인의 정체성과 국가관을 튼튼히 하는 국적교육을 바탕으로 외국어(영어, 중국어) 및 정보화 교육을 중점적으로 실시하여 21세기 세계화. 정보화 시대를 주도할 자랑스러운 한국인을 육성"하는 것을 설립목적으로 1999년 9월 1일에 개학식(개교식은 11월 6일)을 가진 상해한국학교는 2007년 3월 6일 현재 총 133명의 교직원에 1,056명의 학생을 가진 명실공히 국제학교로 부상했다. 초등학교 28개 학급에 640명 학생, 중학교와 고등학교에 총 19개 학급에 416명, 총37개 학급에 1056명의 학생을 가진 한인학교로 부상했다.[12]

이렇게 설립된 상해한국학교는 "민족혼이 살아 숨 쉬는 국적 교육을 강화하며 한국인으로서 정체성을 기르고 귀국 시에는 국내 교육과 연계, 조금도 어려움이 없도록 한국 교육과정의 성실한 운영"[13]을 교육방침으로 하고 있기에 한국어 교육도 국내에서의 교육과 조금도 다를 바 없이 진행되고 있다.

다음으로 상해 지역 한국적 동포 사회에서는『한글주말학교』등을 통해서도 활발히 진행되고 있다. 상해 포동한국주말학교장 민명홍은 『상하이저널』기자와의 인터뷰에서 "한국인으로서의 기본 교육은 모국어 교육과 국사(역사) 교육"이다. "민족 교육, 모국어 교육은 우리의 의무이다."[14]라고 지적한 바 있다. 이것이 바로 한국주말학교의 교육방침이다. 이런 교육방침으로 운영되는 한글주말학교는 공식 발표된 것만 해도 중국 전역에 36개소나 된다고 한다. 상해 지역에만 해도 상해한국주말학교, 소주한글학교, 무석한글학교, 남경한글학교, 이우한글학교 등이 운영되고 있다.

이렇게 한국적 동포 사회에서는 정규교육과정에 비정규교육과정까지 잘 운영되고 있어 한국어 교육을 비롯한 민족교육이 아주 잘 진행되고 있는 것으로 평가되고 있다.

그런데 중국적 동포사회의 경우는 그 사정이 완전히 다르다. 한국어

---

12) 상해한국학교 홈페이지 참고
13) 동상
14) 2007년 11월 5일『상하이저널』참고

교육을 비롯한 민족교육이 그 어떤 형태의 교육과정으로도 운영되지 못하고 있다. 조선족 동포 사회에서의 자녀들에 대한 한국어 교육은 가정에서 어느 정도 진행되고 있을 뿐인데 그것도 가정생활에서의 한국어 사용이 전부여서 체계적인 한국어 교육은 말할 나위조차 없다. 상해 지역 동포 사회에서 한국어를 구사할 줄 모르는 10대 청소년들이 점차 늘어나고 있는 현실이 문제의 심각성을 잘 설명해 주고 있다.

이상의 고찰에서 볼 수 있는 바와 같이 중국적 동포들에 대한 한국어 교육에서 제기되는 일련의 문제들을 어떻게 풀어나가는가 하는 것이 상해 지역 동포 사회에서의 한국어 교육의 주되는 과제로 나서고 있다. 청도, 대련, 천진, 심천 등 지역의 새롭게 형성된 동포 사회에서의 한국어 교육 사정도 이와 대동소이하다.

이리하여 이제부터는 상해 지역 중국적 동포 사회에서의 한국어 교육 왜 이런 지경에 이르게 되었으며 그 해결책은 무엇인가를 중점적으로 토론하기로 한다.

상해 지역 중국적 동포 사회에서의 한국어 교육이 거의 도외시되고 있는 원인은 여러 가지가 있을 수 있겠지만 그 주되는 원인이 다음과 같은 몇 가지가 아닐까 생각된다.

우선, 모든 교육이 다 그러하듯이 가장 효율적인 방법은 정규교육과정을 통해 진행되는 것이다. 한국어 교육의 경우도 예외가 아니다. 그런데 상해 지역 동포 사회에서의 한국어 교육이 정규교육과정으로 운영되지 못하는 것은 동포 사회가 지역적으로 지나치게 분산되어 있어 「산거소수민족권익보장조례」의 관련 규정에 의해서도 민족학교 설립이 불가능하기 때문이다. 「요녕성산거소수민족권익보장조례」제14조에는 "성, 시, 현 인민정부는 소수민족의 언어. 문화 특징과 민족교육의 수요에 따라 소수민족 교육 기구와 학교 배치를 조절하여야 한다."
고 규정되어 있으며 제17조에는 "성, 시, 현 인민전부는 본 민족어와
한어(漢語)로 수업을 진행하는(이하 '이중언어수업'으로 약칭함) 학교
의 교원과 경비 조달을 보장해야 한다."고 규정되어 있다.15) 여기서 우
리는 민족구역자치를 실시하지 않는 산거소수민족의 경우에도 그 인
구가 상대적으로 집결되어 있을 경우에는 민족학교 또는 민족연합학
교를 꾸리고 자기의 민족어와 한어로 동시에 수업을 진행할 수 있음을
알 수 있다. 상해시에서도 「상해시소수민족권익보장조례」 등 관련 법
규에 따라 조건이 성숙된 일부 소수민족들에 한해서는 민족학교를 설
립하여 운영하게 하고 있다.16) 그런데 우리 동포사회는 그 분포가 지
나치게 분산되어 있어 아직까지는 자체의 민족학교를 설립하지 못하
고 있다. 상해에서 우리 동포들이 비교적 집결되어 있는 용백가도(龍
柏街道)의 경우에도 총 인구가 1,276 명에 불과하니17) 이런 지역에 민
족학교 또는 민족연합학교를 설립한다는 것은 정책적으로나 현실적으
로 불가능할 수밖에 없다.

다음으로, 상해 지역 동포 사회에서의 한국어 교육이 비정규과정으
로서도 각광을 받지 못하는 주되는 원인은 상해 지역에서는 한국어가
연변 등 민족자치지역에서의 한국어나 요녕 등 민족 산거지역에서의
한국어와는 달리 상급학교, 특히는 대학입시와 직결된 전공학과목으

---

15) 본 조례는 2004년 7월 29일 요녕성 제10기 인민대표대회 상무위원회 제13차
    회의에서 심의 통과하여 2004년 10월 1일부터 시행.
16) 상해시 인민정부는 「상해시소수민족권익보장조례」 등 관련 법규에 따라 회족
    (回族) 등 소수민족이 상대적으로 집거하고 있는 갑북구(閘北區), 황포구(黃浦
    區), 보타구(普陀區), 양포구(楊浦區)에 회민(回民) 중학교 1개소, 소학교 3개
    소를 설립하여 운영하고 있다.
17) 상해시정협 민족문제연구팀의 조사보고에 의함.

로서의 한국어로 되어 있지 않기 때문이다. 「길림성소수민족교육조례」
제13조에는 "소수민족학교의 소수민족 졸업생은 상급학교에 응시할
경우 자기의 민족어로 답안을 작성할 수도 있고 한어(漢語)로 답안을
작성할 수도 있다. 만약 한어로 수업을 진행하는 상급학교에 응시할
경우에는 반드시 한어문(漢語文) 시험을 추가로 더 보아야 한다."고
규정되어 있다.[18] 「요녕성산거소수민족권익보장조례」제18조에도 "이
중언어로 교육을 실시하고 있는 민족학교의 수험생이 보통고등학교
(대학교를 가리킴)에 응시할 경우에는 국가 관련 규정에 따라 자기 민
족 언어문자로 답안을 작성할 수 있다."[19]고 규정되어 있다. 여기서 볼
수 있는 바와 같이 민족자치지역, 또는 소수민족 산거지역 민족학교에
서의 한국어는 단순 민족 교육을 목적으로 개설된 학과목으로서가 아
니라 상급학교 진학시험의 주요 필수 학과목의 하나로 개설되어 있다.
이렇게 이런 지역에서의 한국어를 비롯한 민족교육은 현대교육과 상
부상조하면서 부단히 발전되고 있다.

그러나 상해 지역에서의 한국어는 민족학교 교육과정에 개설된 학
과목이 아니므로 정책적으로 대입수능시험의 한 학과목으로 되지 못
하는 것은 물론 대입수능시험에서의 외국어의 일종으로도 채택되지
못하고 있다. 물론 한중수교 이후 상해시 일부 학교들에서 한국어를
제2외국어로 개설하고 있기는 하지만 아직까지는 한국어가 대입수능
시험 공인 외국어로까지는 부상하되지 못하고 있다.[20] 상해시에서도

---

18) 본 조례는 「중화인민공화국교육법」에 근거하여 길림성 제9기 인민대표대회
    상무위원회 제6차 회의에서 1998년 11월 28일에 통과 실시.
19) 각주 15) 참고
20) 상해 지역에서는 한국어가 대입수능시험에서는 외국어로 공인되지 못하고 있
    지만 대학원입시에서는 외국어로 인정되고 있다.

「상해시소수민족권익보장조례」의 관련 규정에 따라 대입수능시험에 참가하는 소수민족들에게는 가점 3점을 해주는 등 특혜 정책을 실시하고는 있지만 자기의 민족 언어문자로 수능시험 답안을 작성하거나 외국어로 한국어를 선택할 수 있는 권리까지는 주지 않고 있다. 이렇게 상해 지역에서의 한국어 교육은 대입수능시험과는 전혀 무관한 단순 민족교육의 일환으로 되어 있기에 많은 사람들이 그 필요성을 자각하지 못하고 있으며 지어 부담으로까지 느끼는 사람들이 적지 않다. 민족교육의 측면에서 볼 때에는 한국어 교육이 무엇보다 중요한 과업으로 나서겠지만 대학 진학을 최종 목표로 할 때에는 다른 수험생들보다 1종의 언어를 더 배워 장악해야 한다는 것이 현실적으로 큰 부담으로 되지 않을 수 없다. 이리하여 상해 지역 동포 사회에서의 민족교육과 현대교육은 지금의 상황에서는 둘 중 어느 하나를 희생시켜야 다른 하나라도 살릴 수 있는 매우 어려운 상황에 처해 있다. 상해 지역 한국어 교육이 비정규과정으로도 잘 운영되지 못하는 원인이 바로 여기에 있다.

그 다음으로, 상해 지역 동포 사회에서의 한국어 교육이 거의 도외시되고 있는 가장 주되는 원인이 위에서 논의된 두 가지라 한다면 다음의 문제는 어떻게 해석할 것이냐 하는 질문이 제기될 수 있는데 그것이 바로 상해 전역에서 중국인(엄밀한 의미에서는 한족[漢族])에 대한 한국어 교육의 경우에는 왜 전례 없던 붐이 일고 있느냐 하는 것이다. 그도 그럴 것이 상해만 해도 한국어학과를 설립한 대학이 8개나 되며 학원 등에서 한국어를 배우는 중국인들까지 합치면 그 수가 수천에 달하고 있는데 동포 사회에서는 오히려 한국어 교육이 도외시되고 있다니 말이 되느냐 하는 것이다. 타민족들까지 그렇게 열심히 배우는 한국어를 왜 본 민족이 배우려 하지 않을까? 결과적으로만 보면 상당히 이해하기 어려운 문제라 하지 않을 수 없다. 그러므로 이제부터는 시각을 돌려 그 과정으로부터 문제의 실마리를 풀어나가기로 한다. 일반적으로 외국어 교육은 주로는 외국 관련 업체에서 수요로 하는 인재 양성을 목적으로 하고 있다. 학습자의 입장에서는 외국 관련 업체에 취직하는 것과 직결된다고 할 수 있을 것이다. 한국어 교육의 경우도 예외가 아니다. 한중수교 이후 한국 기업들이 중국에로 대거 진출하면서 한국어 전공 인재의 수요가 급작스레 늘면서 중국에서의 한국어 교육도 붐이 일게 된 것이다. 그러나 중국에서의 한국어 교육의 붐이 처음부터 중국인들 속에서만 인 것은 아니었다. 한국 업체들이 중국 진출 초기에는 한국어를 전공한 중국인들이 거의 없었기에 부득불 동북3성의 동포들을 고용할 수밖에 없었다. 이리하여 이 시기에는 동포 사회에서도 한국어를 배우는 열기가 상당히 뜨거웠다. 그러나 그 후 10여 년간 한국어를 전공한 중국인이 점차 증가되면서 한국 업체들의 선택도 점차 중국인들 쪽으로 쏠리기 시작했는데 근간에 와서는 중국인을 더 선호하는 경향으로 완전히 바뀌고 있다. 상해 지역의 경우를 보면 동일한 대학졸업자를 채용할 경우에도 중국인 고용자에 대한 대우가 동포 고용자의 대우보다 훨씬 좋은 것으로 나타나고 있다. 필자의 조사에 의하면 복단대학 한국어과를 졸업한 한족학생이 한국기업에 취직할 경우 그 노임이 4000원 인민폐에 달했으나 다른 학과나 다른 대학을 졸업한 동포 학생의 노임은 2000-2500원 인민폐에 불과했다. 그만큼 우리 동포들은 한국 업체에서 소외되고 있다는 것이다. 한국 업체들의 입장을 들어보면 상해 지역 중국인 대학 졸업생들은 상해 방언에 익숙할 뿐만 아니라 상해 지역에서 어느 정도 인맥관계도 갖고 있기에 그 대우도 높일 수밖에 없다는 것이다. 어느 정도 일리가 있는 결단이라 생각되지만 아무튼 차별대우인 것만은 틀림없다. 이로 인하여 우리 동포 자녀들은 대학을 졸업한 후에도 한국 업체를 지향하는 것이 아니라 다른 외국 업체를 지향하고 있기에 한국어를 배우기보다는 영어, 일어, 독일어 등 다른 외국어를 배우려 하는 것이다. 만약 앞으로도 이런 성향이 개변되지 않을 경우 이런 악순환은 계속될 것이다.

마지막으로, 지역 동포 사회는 그 구성원의 측면에서 볼 때 보다 나은 삶을 위해 전국 각지에서 모여든 30-40대가 주류를 이루고 있어 아직까지는 민족의 운명 등에 대해서 여유를 갖고 관심을 돌릴 단계에는 이르지 못하고 있다는 것도 주요 원인의 하나로 지적된다.

지금까지 우리는 상해 지역 동포 사회에서의 한국어 교육의 현황에 대해 살펴보면서 그 문제점에 대해서도 분석해 보았다. 그럼 이제부터는 이런 제 문제들을 해결하기 위하여 우리가 해야 할 일들은 무엇인가를 토론해 보기로 하자.

첫째, 동포 사회 전체 구성원들의 민족의식을 제고해야 한다. 상해 지역 동포 사회에서의 한국어 교육은 여러 가지 요인에 의해 각이한 양상을 보일 수 있는데 동포 사회 구성원들의 민족의식이 결정적인 내적요인으로 작용하고 있다. 이리하여 상해 지역 동포 사회에서의 한국어 교육을 발전시키기 위해서는 구성원들의 민족의식 제고가 급선무로 나서게 된다.

상해 지역 동포 사회에서의 한국어 교육과 관련된 동포 사회 구성원들의 민족의식 제고에서 우리가 반드시 우선적으로 해결해야 할 문제가 민족교육과 현대교육의 관계를 어떻게 정확히 처리하는가 하는 것이다.

일반적으로 교육의 기능은 한 방면으로는 인류가 공동으로 창조한 지식의 전수와 창조, 그리고 상호 학습이며, 다른 한 방면으로는 각 민족이 민족교육을 통하여 본 민족의 역사 문화를 계승 발전시키는 것이다. 전자는 일체 현대교육의 공통성이고, 후자는 다민족국가에서의 부동한 민족교육의 특수성이다. 이리하여 현대교육의 보편성과 민족교육의 특수성과의 모순이 존재하게 된다. 상해 지역 동포 사회에서와 같이 산거소수민족의 경우에는 이런 모순이 더 첨예하게 제기된다. 그러므로 이 양자를 어떻게 통일시키는가 하는 것이 중요한 과업으로 나서게 된다. 현대교육의 보편성과 민족교육의 특수성은 객관적 존재로서 모든 민족의 교육에 있어서나 다 같이 제기되는 문제이다. 민족교육을 떠나 현대교육을 논할 수도 없고 현대교육을 떠난 민족교육도 있을 수 없다. 그 어떤 현대교육이든 모두 일정한 민족어로 진행된다는 사실이 이 양자의 관계를 잘 입증해 준다. 문제는 우리가 어떤 시각으로 이 문제를 보는가에 달려있다. 우리가 만약 대입을 모든 교육의 총목표로 삼을 경우에는 이 양자는 서로 모순되고 대립될 수밖에 없지만 그 목표를 더 높이 설정할 경우에는 이 양자는 사물의 발전을 추동하는 모순의 두 측면으로 될 것이다.

둘째, 장원한 관점에서 볼 때 상대적인 소집거구를 형성하여 정부의 정책적 지원을 받아 자기의 민족학교 또는 민족연합학교를 꾸림으로써 현대교육과 민족교육을 함께 발전시키는 방향으로 나아가야 할 것이다.

중화인민공화국 국무원에서는 민족교육의 발전과 관련하여 발부한 한 문건에서 "소수민족이 자기의 민족어로 교육을 받을 수 있는 권리를 보장해야 한다." "각급 인민정부는 민족교육을 중시하고, 민족교육

에 대한 투자를 확보하고 민족교육을 위해 구체적인 일을 하는 것 등을
각급 지도 간부의 임기 목표 책임제와 재직기간 업적 평가의 주요 내용
으로 하여야 한다."[21]고 지적한 바 있다. 그리고 상해시에서 제정한
「상해시소수민족권익보장조례」제4조에서도 "시 인민정부는 마땅히 본
시의 소수민족이 수요에 적응되는 경제, 문화교육 사업을 국민경제와
사회발전계획에 넣어야 한다."고 규정했고 제17조에는 "각급 인민정
부는 마땅히 소수민족의 교육사업을 중시하고 민족학교에 대한 영도
를 가강하여야 하며 부축정책을 제정하여 교사들에 대한 대우를 개선
하고 교사대오를 가강하며 운영경비를 증가하고 교육시설을 현대화하
여 교수 질을 높여야 한다."고 규정하고 있다.

국가와 지방정부에서 소수민족 교육과 관련하여 이런 정책적 규정
이 있고 상해 회민 사회에도 앞에서 지적한 바와 같이 자기의 민족학
교를 꾸린 경험이 있는 한 우리가 상해 지역 일정 구역에 상대적 소집
거구를 형성한다면 자기의 민족학교를 얼마든지 꾸려나갈 수 있을 것
이라 생각된다.

셋째, 국무원의 "민족교육의 국제 합작과 교류 및 대외개방 사업을
촉진해야 한다."[22]는 지시 정신에 따라 한국 등 국가들과의 협력과 교
류를 통해 민족교육을 발전시켜야 한다. 상해 지역 동포 사회는 아직
까지 중국적 동포들이 정기적으로 한국어를 비롯한 민족교육을 실시
할만한 장소조차 확보하지 못하고 있는 사정이다. 이런 여건에서 한국
어 교육을 운운한다는 것은 말도 안 되는 소리이다. 반드시 교육환경

---

21) "개혁을 심화시켜 민족교육의 발전을 가속화할 데 관한 국무원의 결정"(2007.
    03.26) 참고
22) 각주 21) 참고

을 개선해야 한다. 그런데 지금의 상황에서는 중국 정부의 지원을 바랄 수도 없고 자기의 힘으로 해결할 수도 없는 실정이다. 한국 관련 기관의 지원과 협력이 절실히 필요한 시기이다.

한국어의 세계화를 지양하는 한국정부 및 관련기관, 예컨대 국제교류재단, 동포재단, 학술 진흥재단, 한국어세계화재단, 세종학당 등에서도 상해, 청도 등 새롭게 형성된 동포 사회의 한국어 교육을 위해 무언가는 해야 하지 않겠는가 생각된다. 지금의 시점에서 이런 지역에서의 한국어 교육을 끌어올리지 않는다면 미국 동포 사회의 경우, 중국 북경지역 동포 사회의 경우에서처럼 자기의 민족어도 모르는 사람들이 계속 늘어나게 될 것이다. 통계수치 상에서는 세계적으로 한국어를 구사하는 인구가 8천만에 달한다고는 하나 이 계산에는 한국어를 모르는 우리 동포들도 포함되어 있다는 사실을 잊지 말아야 할 것이다.

지금까지 논의된 문제들이 상해 지역 동포 사회에서의 한국어 교육에서 제기되는 제 문제들을 해결하기 위한 과제의 전부는 아니다. 그러나 이런 문제들만 잘 풀린다 해도 상해 지역 동포 사회에서의 한국어 교육은 집거지역에서의 한국어 교육에 못지않은 발전을 할 것이다.


## 4. 마무리

지금까지의 토론에서 언급하지 못했거나 그 논의가 충분히 진행되지 못한 문제들을 다음과 같이 요약하면서 본 논문을 마무리하고자 한다.

첫째, 중국에서의 한국어 교육이 한중수교 이후 거족적인 발전을 했다고는 하지만 그것은 어디까지나 타민족을 대상으로 하는 한국어 교육에 대한 평가일 뿐이다. 동포들을 대상으로 하는 한국어 교육은 시도조차 되지 못하고 있으니 말이다.

둘째, 한중수교 이후 중국 동포 사회는 민족 대이동에 따라 상해, 청도 등 지역에 새로운 동포 사회를 형성하면서 형식적 측면에서가 아니라 질적 측면에서 현저한 변화를 보이고 있다. 그럼에도 불구하고 이에 따른 전문적인 연구는 지금껏 시도되지 못하고 있다.

셋째, 한국어 교육을 중심으로 한 민족교육에 대한 논의가 지금까지는 남미나 유럽 등 지역을 중심으로 진행되었지만 앞으로는 중국 지역의 동포 사회, 특히는 상해 등 지역의 새롭게 형성된 동포 사회를 대상으로도 진행되어야 할 것이다. 그것은 상해 등 지역의 새롭게 형성된 동포 사회는 남미나 유럽 등 지역의 동포 사회와 비슷한 도경을 통해 형성되었고 언어교육, 언어사용 등 많은 면에서 유사한 특성을 보이고 있기 때문이다.

넷째, 상해 등 지역의 새롭게 형성된 동포 사회는 지금까지는 서로 다른 사회집단으로 병존하고 있는 중국적 동포사회와 한국적 동포사회를 하나의 민족공동체 사회로 구축하기 위한 과업도 수행해야 할 것이다.

# 참고문헌

길림성인민대표대회상무위원회(1998.11.28), 「길림성소수민족교육조례」
요녕성인민대표대회상무위원회(2004.10.01), 「요녕성산거소수민족권익보장
　　　조례」
상해시인민대표대회상무위원회(1994.12.09), 「상해시소수민족권익보장조례」
제5기전국인민대표대회(1982.12.04), 「준화인민공화국헌법」
제6기전국인민대표대회(1984.05.31), 「중화인민공화국민족구역자치법」
제8기전국인민대표대회(1995.03.18), 「중화인민공화국교육법」
중화인민공화국국무원(2005.05.11), 「국무원 '중화인민공화국민족자치구역법'
　　　실시에 관한 약간의 규정」
중화인민공화국국무원(2007.03.26), 「개혁을 심화하여 민족교육 발전을 가속
　　　화할 데 관한 국무원의 결정」
중화인민공화국민족사무위원회(1993.09.15), 「민족향행정사업조례」

# 3

# 동경지역 재일동포의
# 한국어 교육 현황과 개선 방안

남윤진

## 1. 들어가기

1980년대까지만 해도 '한국어 교육'이라고 하면 한국어를 익힐 기회가 없었던 해외 동포 자녀를 위한 한국어 교육을 가리키는 것이 일반적이었다. 그러던 것이 1980년대 후반 이후 경제 성장, 문화 교류의 확대 등으로 국제 사회에서 한국의 지위가 향상됨에 따라 경제 활동 및 학문 언어로서 또는 취미로서, 한국어를 배우려는 사람의 수가 늘어나게 되었고, 이에 부응하여 한국어 교육의 주된 관심도 해외 동포 자녀 교육을 위한 한국어 교육에서 '외국어'로서의 한국어 교육으로 옮겨가게 되었다. 외국어로서의 한국어 교육론의 활성화는 교수 이론 및 언어 자료의 정리 및 축적으로 연결되었고 한국어 학습 저변의 확대와 맞물려 유례없는 활기를 보이고 있다.

이처럼 외국어로서의 한국어 교육이 많은 성과를 올리고 있는 현시점에서 상대적으로 관심에서 비껴가 있는, 당위론과 열정으로 유지되어 왔다고 해도 과언이 아닐 재외 한국인, 동포에 대한 한국어 교육의 현황을 오늘의 시점에서 재조명하여 그 현황을 파악하고 그 동안 축적된 한국어 교육의 이론과 지적 재원을 활용하기 위한 방향을 제시하는 것은 뜻 깊은 일이라 할 것이다.

본고는 이러한 전체적인 문제의식에서 재일동포에 대한 한국어 교육의 현황을 동경지역을 중심으로 살펴보고 거기서 드러난 문제점을 중심으로 앞으로 이 분야의 나아갈 방향을 제시하는 것을 목적으로 한다.

이를 위해 2장에서는 재일동포를 둘러싼 사회적 상황, 사회언어학적 환경에 대해 살펴보고 3장에서는 학교 교육의 틀 안에서 이루어지는 재일동포의 한국어 교육에 대해, 4장에서는 학교 교육 이외의 부문에서 이루어지는 한국어 교육에 대해 살펴보도록 한다. 5장에서는 3, 4장의 논의 안에서 드러난 문제점을 중심으로 '외국어'로서의 한국어 교육과 차별화 되는 '모국어'로서의 한국어 교육의 방향성을 찾아보도록 한다.

논의의 초점을 분명히 하기 위해, 언어형성기에 해당하는 초등학교 학생을 대상으로 하는 한국어 교육으로 범위를 한정하기로 한다. 성인을 대상으로 하는 한국어 교육은 외국어로서의 한국어 교육의 경우와 그 사정이 크게 다르지 않을 것이라고 생각되기 때문이다.

## 2. 사회 환경·언어 상황

2007년 일본 법무성의 홈페이지(http://www.moj.go.jp/NYUKAN/nyukan53-4.pdf)
에 제시된 통계에 따르면 한국 혹은 조선 국적 소지자로 일본 정부에
외국인 등록을 한 사람 수는 2006년 현재 60만명 가까이에 이른다. 이
는 일본 내의 외국인 인구 가운데 최대 다수를 점하는 수이다. 그 구체
적인 내역과 추이를 재류자격 별로 보면 다음 [표1]과 같다.

| 재류자격 \ 연도 | 2002 | 2003 | 2004 | 2005 | 2006 |
|---|---|---|---|---|---|
| 교수 | 754 | 838 | 901 | 929 | 1,020 |
| 예술 | 29 | 32 | 25 | 33 | 34 |
| 종교 | 772 | 804 | 821 | 904 | 968 |
| 보도 | 81 | 81 | 66 | 60 | 55 |
| 투자·경영 | 847 | 927 | 1,045 | 1,192 | 1,373 |
| 법률·회계업무 | 2 | 2 | 5 | 5 | 3 |
| 의료 | 11 | 10 | 10 | 9 | 13 |
| 연구 | 367 | 381 | 320 | 316 | 325 |
| 교육 | 79 | 82 | 82 | 79 | 85 |
| 기술 | 2,175 | 2,682 | 3,019 | 3,623 | 4,901 |
| 인문지식·국제업무 | 3,223 | 3,509 | 3,656 | 4,181 | 5,386 |
| 기업내전근 | 1,597 | 1,704 | 1,644 | 1,770 | 1,987 |
| 흥행 | 1,045 | 777 | 804 | 810 | 575 |
| 기능 | 1,307 | 1,277 | 1,209 | 1,306 | 1,429 |
| 문화활동 | 396 | 392 | 353 | 490 | 379 |
| 단기체재 | 10,040 | 10,344 | 9,955 | 8,919 | 8,275 |
| 유학 | 16,671 | 17,091 | 16,951 | 16,444 | 16,309 |
| 취학 | 7,587 | 7,236 | 6,560 | 7,286 | 6,397 |
| 연수 | 200 | 185 | 192 | 156 | 195 |
| 가족체재 | 15,047 | 15,785 | 15,559 | 15,829 | 16,492 |
| 특정활동 | 812 | 799 | 1,329 | 1,674 | 2,084 |

| 영주자 | 34,624 | 37,121 | 39,807 | 42,960 | 45,184 |
| 일본인의배우자등 | 22,548 | 21,868 | 21,285 | 21,083 | 21,837 |
| 영주자의배우자등 | 3,336 | 3,093 | 2,891 | 2,767 | 2,656 |
| 정주자 | 9,243 | 9,091 | 8,941 | 8,751 | 8,908 |
| 특별영주자 | 495,986 | 485,180 | 471,756 | 461,460 | 447,805 |
| 미취득자 | 1,788 | 2,084 | 2,271 | 2,191 | 1,859 |
| 일시비호 | - | - | - | - | - |
| 기타 | 1,838 | 2,047 | 2,334 | 2,192 | 2,153 |
| 총수 | 632,405 | 625,422 | 613,791 | 607,419 | 598,687 |

[표 1] 한국, 조선 국적의 외국인 등록자수 추이

이 표를 보면 1). 최근 5년 동안 한국적 혹은 조선적 외국인등록자수가 완만한 감소 경향을 보이고 있다는 점, 2). 재류자격별로 보았을 때, 특별영주자가 전체 외국인등록자 수의 70-80%를 차지한다는 점 3). 대부분의 재류자격 범주가 증가(특히 영주자) 혹은 유지 경향을 보이는 데 반해 특별영주자 범주는 뚜렷한 감소를 보이며 이것이 전체 한국적·조선적 외국인등록자 수의 감소에 영향을 미치고 있는 것으로 해석된다는 점 등을 지적할 수 있다.

이러한 인구 변동은 재일동포 사회 구성의 변화라는 점에서 흥미롭다. 거칠게 나누어, 특별영주자와 그 외의 재류자격자의 인구추이가 다른 양상을 보이는 것이다. 특별영주자의 대부분은 식민지 시기부터 1960년대 초반에 걸쳐 일본에 이주한 사람 혹은 그 자손들이다. 일본에서는 이들을 비교적 가까운 시기(1980년대 이후?)에 일본으로 이주한 사람들과 구별하여 전자를 オールドカマー(old comer 올드커머), 후자를 ニューカマー(new comer 뉴커머)로 부르는 것이 일반적이다(生越直樹 2005, p.11). 이하, 올드커머, 뉴커머로 부르기로 한다.

재일 한국인 동포의 상당수를 차지하는 올드커머는 1세의 사망, 일본인과의 결혼 등을 통한 3세 및 4세의 일본국적으로의 변경 등으로 인해 전체적으로 감소하고 있는 반면 뉴커머는 한국과 일본의 경제, 문화 교류의 확대로 증가세를 보이는 것이다.

올드커머와 뉴커머는 역사적 배경, 사회적 입지뿐 아니라 사회언어학적 상황에 있어서도 많은 차를 보인다. 올드커머는 1세들의 고령화, 사망에 따라 한국어 모어화자의 수가 급격히 감소하고 있는 것이다. 후술하겠지만, 올드커머 2세 이상은 일본 사회에 동화되는 과정에서 한국어 능력을 구비하지 못했거나, 한국어 능력이 있다 하더라도, 일본어와 한국 남부 방언의 혼효 현상을 강하게 보이는 소위 '일본식 한국어'를 사용하고 있다.

반면 뉴커머는 한국어 모어화자인 1세들이 아직 현역으로 활동하고 있는 경우가 많으며 본국과의 왕래를 통해 한국어 능력을 유지하는 경우가 대부분이다. 이러한 차이는 결국, 2세 이상의 세대에 있어서 한국어와 접촉 환경을 기준으로 올드커머와 뉴커머를 구별 짓게 한다.

한국어 교육에 대한 본격적인 논의에 앞서, 일본에서 한국적, 조선적 외국인으로 불리는 동포들이 놓인 사회적 상황, 한국어의 위상 및 언어 환경에 대해 용어를 중심으로 정리해 보기로 한다.

## 2.1. 在日韓國人, 在日朝鮮人, 在日韓國·朝鮮人,
   在日コリアン(코리안), 在日

일본에서 한국적, 조선적 외국인을 가리키는 명칭은 在日韓國人, 在日朝鮮人, 在日韓國·朝鮮人, 在日コリアン(코리안), 在日 등으로 다양하다. 여기서 특히 주목되는 것이 在日中國人, 在日 브라질人, 在

日米國人 등 다양한 구성에서 수식어로 기능하는 在日(재일; 자이니치)가 한국적, 조선적 외국인을 가리키는 명사로 사용되는 것이다. 이러한 용법의 변용에는, 한반도에 혈연적 뿌리를 두면서 일본에 이주한 사람들을 통틀어 가리킬 때 어떤 이름으로 대표해야 할 것인가를 선택해야 하는데, 그 선택을 주저할 수밖에 없게 된 한반도와 재일동포의 역사가 반영되고 있는 것이다. 대부분 식민지시기에 일본에 건너온 올드커머 1세들은 해방과 더불어 일본국적에서 이탈하게 되어 1947년 외국인 등록법 시행을 계기로 '조선' 국적으로 외국인 등록을 하게 된다. 1948년 대한민국 정부 수립 후는 한국 국적으로의 등록이 가능하게 되었고, 1965년 국교 정상화 이후에는 한국적을 가진 사람에 한하여 협정영주권이 부여됨으로써 많은 올드커머가 한국 국적으로 변경하게 된다. 그러나 이 과정에서 분단된 본국의 현실을 인정하지 않고, 분단 이전의 '조선적'을 고수하려는 사람, 정치적으로 북한을 지지하는 등 이러저러한 이유로 조선적을 유지하는 사람들이 있어 한국적, 조선적 소지자가 혼재하는 상황이 된다. 1991년 이후에는 조선적 소지자, 한국적 소지자 구별 없이 과거 일본의 식민지 출신자에게 외국인으로서의 제약이 거의 없는 특별 영주권이 부여 되었다. 최근에는 3세 4세의 인구비율이 증가하면서 일부의 조총련 활동가를 제외하고는 한국적, 조선적의 구분이 현실적 의미를 갖지 않는 경우가 많다.

한편, 한일 국교 정상화 이후, 비교적 최근 한국에서 일본으로 건너온 뉴커머의 경우는 국적이 확립되어 있는 상태에서 도일한 것이기 때문에 재일한국인으로 불리는 것에 아무런 갈등을 갖지 않는 집단이라 할 수 있다.

이처럼 국적을 둘러싼 입장이 복잡하게 얽힌 상황에서 재일한국인,

재일조선인이라는 명칭은 매우 불편한 명칭이 되었고, 특히 올드커머와 뉴커머를 아우르는 명칭으로서는 더욱 부적절한 것이 되었다. 이에 주목을 받게 된 명칭이 국적을 떠나 민족적 동질성에 주목한 재일코리안이다.

　일본에서의 명칭의 문제가 이렇게 복잡함에 반하여 한국 국내에서는 이러한 고민에서 자유롭게, 재일동포라는 명칭으로 일괄하여 왔다. 이에 본고도 한국 국내에서의 입장을 취하여 한반도에 혈연의 뿌리를 두면서 일본에 거주하고 있는 사람들을 총괄하는 명칭으로 재일동포라는 용어를 사용하며, 필요에 따라 올드커머와 뉴커머로 구별하도록 한다.

## 2.2. 朝鮮語 韓國語 ハングル語・ハングル・韓語 コリア語

　일본에서 韓國語라는 용어는 두 개의 함의를 가진다. 하나는 일반적으로 한반도에서 사용되어온 언어, 영어의 Korean에 해당하는 용어이며, 다른 하나는 대한민국의 공용어라는 의미이다.

　한편 朝鮮語라는 용어도 역시 두 개의 함의를 가진다. 하나는 일반적으로 조선반도에서 사용되어온 언어, 영어의 Korean에 해당하는 용어이며, 다른 하나는 조선인민민주주의공화국의 공용어라는 의미이다.

　한국 국내에서는 한국어 혹은 조선어가 가지는 두 의미를 구별할 필요가 없으나, 재일한국인이냐 재일조선인이냐가 문제 돼 온 일본에서는 특히 두 번째 의미 즉 한국의 언어, 조선인민민주주의 공화국의 언어라는 의미로 해석될 경우 어떤 명칭을 취하느냐가 민감한 문제가 될 수 있다. 여기서 생겨난 기형적인 용어가 ハングル(한글)語 혹은 ハ

ングル이라는 명칭이다. 문자의 명칭인 한글이 언어를 가리키는 상황이 된 것이다. 공용방송인 NHK의 한국어 강좌 제목이 "안녕하세요 한글"이 된 것도 이러한 상황을 보여주는 대표적인 실례라 할 수 있다. 한편, 이러한 굴절을 피하고, 조선어도 한국어도 아닌 명칭으로 제안된 것이 韓語, コリア語라는 용어이다.

최근 일본에서는 언어학 분야에서도 전통적으로 사용되어온 朝鮮語라는 명칭을 韓國語가 대치하는 움직임이 확산되고 있다. 조선어나 한국어가 가지는 넓은 의미를 취한다는 전제하에서 본고에서는 한국어라는 명칭을 사용하도록 한다.

### 2.3. 모국어와 모어

재일동포에 있어서 올드커머이든 뉴커머이든 모국어는 한국어이다. 모국의 언어이기 때문이다. 그러면 모어는 어떠한가? 언어 형성기에 제1언어로서 습득된 언어를 모어라 할 때, 1세의 모어는 한국어이지만, 2세 이상의 세대에 있어서는 사정이 다를 수 있다. 많은 수의 2세 이상 성인은 일본어가 모어인 것이다.

한반도에서 태어나고 성장한 사람에게는 모국어와 모어의 구별이 그다지 의미 없는 것이지만, 재일동포의 언어를 얘기할 때는 반드시 모국어와 모어를 구별해서 생각해야 한다.

따라서 본고에서도 모국어로서의 한국어와 모어로서의 한국어를 구별한다.

한편 외국어라는 용어는 모국어와 대립되는 용어이면서 동시에 모어와 대립되는 용어이기도 하다. 그런데 일본어를 모어로 하는 2세 이상의 동포들에 있어서 한국어는 모국어이면서 영어나 중국어와 마찬가지로 학습해야 하는 언어이다. 영어나 중국어를 모어의 대립되는 개념으로서 외국어라 한다면 학습 대상으로서의 한국어도 외국어라 할 수 있지만, 모국어이기도 하기 때문에 정서적으로 주저되는 측면이 있다. 이런 점을 고려하여 모어의 대립개념으로 외국어라는 용어를 사용하여야 하는 경우, 즉 재일동포의 학습대상으로서의 한국어를 가리킬 때는 제2언어라는 용어를 사용하도록 한다.

이상의 내용을 정리하면 [표2]와 같다.

| | | 도일시기 | 국적 | 재류자격 | 모국어 | 모어 |
|---|---|---|---|---|---|---|
| 재일동포 | 올드커머 | 식민지기~1960년대 | 한국 조선 | 특별영주 | 한국어 | 1세; 한국어 2세이상; 일본어 |
| | 뉴커머 | 최근(80년대 이후?) | 한국 | 영주,기타 | | |

[표 2] 재일동포의 사회적·언어적 상황

## 3. 재일동포의 한국어 교육 실태(1) : 민족 학교의 교육

재일동포의 한국어 교육은 이른바 민족 학교의 국어교과로 행해지는 것과 민족 학교의 교육과정 바깥에서 행해지는 것으로 나누어 볼 수 있다. 이 장에서는 민족 학교의 국어교육에 대하여 알아보도록 한다.

동경지역의 민족 학교는 둘로 나뉜다. 하나는 조총련에 속해 있는 조선학교, 다른 하나는 민단계의 한국학교이다.

### 3.1. 조선학교의 한국어 교육

조선학교는 유치원과정부터 대학까지의 완결된 교육체계를 갖추고 있다. 해방 이후 민족 아이덴티티 교육이라는 취지로 출발하여 일본정부와 북한에 대하여 때로는 갈등과 대립, 때로는 협조와 지원이라는 관계를 맺으며 오늘에 이르렀다. 1980년대 이후 일본의 학교교육과정과 평행하는 교육과정을 구성하여 유치부, 초급부, 중급부, 고급부, 대학의 체계를 갖추게 되었다. 동경지역에는 유치부 2개교, 초급부 10개교, 중급부 6개교, 고급부와 대학 각각 1개교가 있다.

한국어 교육이라는 관점에서 조선학교를 둘러싼 언어 환경과 국어 교육 현황을 살펴보면 다음과 같다.

### 1. 학생의 언어 환경이 동질적이다: 일본어 모어화자

학생의 대부분이 4세, 5세로, 부모세대도 일본어를 모어로 하는 경우가 대부분이다. 2세 이상의 세대는 조선학교 출신자의 경우에도, 총련 회의 등 공식석상에서는 한국어를 사용하지만 사적인 언어활동은 거의 일본어로 하고 있다. 따라서 학생들이 가정 내에서 혹은 일상어로서 한국어를 접할 수 있는 기회가 극히 적다. 그러나 학교 교육이 일본어 과목 이외에는 모두 한국어로 행해지기 때문에 초급학교의 교과과정은 국어를 중심으로 구성된다.

표3에서 볼 수 있듯이 전체 교육과정에서 국어과목이 차지하는 비중이 매우 높아 초급 1학년의 43.8%를 필두로, 평균 24% 이상의 시간을 배당하고 있다. 그 결과 초급학교 입학 초기에는 한국어를 전혀 하지 못했던 학생들이 1년 정도 지나면 한국어로 행해지는 통상 수업을

무리 없이 이해할 수 있게 된다고 한다.

## 2. 구어 교육에 중심을 둔다.

조선학교의 국어 교육은 "현실생활을 한국어로 이해하고 표현하는 능력과, 조선인으로서의 민족 자주의식과 민족적 감정정서를 기름으로써 학생이 언제 어디서나 조선어로 언어생활을 영위하는 당당한 조선민족으로서의 자부심을 갖고 살도록 함"을 목표로 하여 조선 학교 독자의 교과서를 출판하여 사용하고 있다. 2003년에는 교과과정을 개편하여 "구어 교육을 기본으로 하는 교육"으로 방침을 정하고 말하기와 듣기에 중점을 두면서 쓰기 읽기 능력을 배양하는 내용으로 구성하였다. 이전의 국어 교과서가 문형 연습에 중점을 두었던 것에 반해 2003년의 국어 교과서는 회화중심의 의사소통 중시형 교과서가 된 것이다.

이렇게 구어 중심으로 방향 전환을 하게 된 것은, 학생들이 가정 내에서 자연스럽게 오고가는 한국어 구어에 접할 기회가 없어졌기 때문인 것으로 해석된다.

## 3. 교사의 한국어 능력이 보장되지 않는다.

조선학교의 교사는 대부분 2세, 3세이므로 이들에 있어 한국어는 모어가 아니라 제2언어이다. 이는 구어 중심 교육이라는 교육목표를 실천하기 위한 장애요소로 지적된다. 이런 상황을 한국 국내 상황으로 바꾸어 말하자면, 한국의 초, 중, 고, 대학교에서 한국어 모어화자인 교사가 영어로 전 과목을 강의하는 것과 같은 상황이라 할 것이다.

이런 문제를 해결하기 위해서는 본국으로부터 모어화자 교사를 채

용하여 재일동포 교사화 역할 분담체제로 교육을 진행하는 것이 바람
직하지만, 일본과 북한 사이에 국교가 수립되지 않았기 때문에 현실적
으로 불가능한 상황이다.

| | 초급부 | | | | | | 중급부 | | | 수업 시수 합계 | % |
|---|---|---|---|---|---|---|---|---|---|---|---|
| | 1 | 2 | 3 | 4 | 5 | 6 | 1 | 2 | 3 | | |
| 국어 | 9 | 8 | 7 | 7 | 6 | 6 | 5 | 5 | 6 | 2056 | 24.1 |
| | 306 | 280 | 245 | 245 | 210 | 210 | 175 | 175 | 210 | | |
| 일본어 | 4 | 4 | 4 | 4 | 4 | 4 | 4 | 4 | 4 | 1256 | 14.7 |
| | 136 | 140 | 140 | 140 | 140 | 140 | 140 | 140 | 140 | | |
| 영어 | - | - | - | - | - | - | 4 | 4 | 4 | 420 | 4.9 |
| | - | - | - | - | - | - | 140 | 140 | 140 | | |
| 사회 | - | - | 1 | 2 | 2 | 2 | 2 | 2 | 2 | 455 | 9.4 |
| | - | - | 35 | 70 | 70 | 70 | 70 | 70 | 70 | | |
| 역사 지리 | - | - | - | - | 2 | 2 | 2 | 2 | 2 | 350 | |
| | - | - | - | - | 70 | 70 | 70 | 70 | 70 | | |
| 산수 수학 | 4 | 5 | 5 | 5 | 5 | 5 | 4 | 4 | 4 | 1431 | 16.7 |
| | 136 | 175 | 175 | 175 | 175 | 175 | 140 | 140 | 140 | | |
| 이과 | - | - | 3 | 3 | 3 | 3 | 4 | 4 | 3 | 805 | 9.4 |
| | - | - | 105 | 105 | 105 | 105 | 140 | 140 | 105 | | |
| 음악 미술 | 4 | 4 | 4 | 4 | 4 | 4 | 2 | 2 | 2 | 1046 | 20.8 |
| | 136 | 140 | 140 | 140 | 140 | 140 | 70 | 70 | 70 | | |
| 체육 가정,정보 | 2 | 2 | 2 | 2 | 2 | 2 | 3 | 3 | 3 | 733 | |
| | 68 | 70 | 70 | 70 | 70 | 70 | 105 | 105 | 105 | | |
| 과목수 | 6 | 6 | 8 | 8 | 9 | 9 | 11 | 11 | 12 | | |
| 총수업시수 | 5402 | | | | | | 3150 | | | 8552 | 100.0 |
| 주 | 상단-1주일동안의 수업시수,하단-1년간의 수업시수 개별학교에 따라 조금씩 차이가 있음 | | | | | | | | | | |

[표 3] 초중급부의 과목별 수업시간수

## 4. 일본어-일본식 한국어-한국어라는 중층적 언어환경 속에서 한국어 교육이 행해진다.

학교 교육을 통해 학습되는 한국어를 일본어 모어화자인 학생들이 학교생활의 공용어로 사용하게 됨으로써 일본어의 영향이 뚜렷한 변종 한국어 이른바 일본식 한국어가 생성된다.

이 일본식 한국어의 특징으로서는,

(1) 문어표현을 구어에 사용한다.(어디 놔 <u>두는가</u>, 어디? / 제일 어려운 거, <u>이것입니다.</u>)

(2) 한국어 문장 속에 일본어의 종조사를 섞어 쓰는 등 일본어의 간섭을 받는다. <u>뜻이 모른</u> 모양이다. / 선생님, ○○(고유명사)<u>네</u>, 내가<u>네</u>, 주의 한 번 하면 <u>네</u>, / 너, 작다<u>나</u>. / 아저씨<u>부터</u> 보내온 편지)

(3) 한국어 방언의 고착화가 보인다는 점을 들 수 있겠다.(할배, 멩질(명절), 콩지름)

한편 조선학교의 국어 교과서에는 일본 사회 안에서의 한국어 교육이라는 사실을 반영하여, 초급학교 2학년부터 일본 사회생활에 필요한 한자가 제시되고 있다. 学校, 学年, 学生 등 일본식 한자로 표기된 한자어가 제시되고 있는 것이다.

## 5. 기본적으로 북한의 언어규범을 따르고 있다.

정서법, 어휘, 어미 및 조사의 용법 등에 있어서 북한의 언어규범을 반영하고 있다.

예를 제시하면 다음과 같다.

≪<u>바로 앉자요.</u>≫ 라는 말을 듣고 행동합니다 (국어 초급1, 5)

공부시간이<u>예요</u>  (국어 초급1, 12)

식사할 때의 례절과 위생에 대한 말을 배웁니다. (국어 초급1, 17)

어머니, 이거 오이나요? (국어 초급1, 31)

바줄을 당겨라 (국어 초급1, 42)

5-2_=3   5 덜기 2 같기 3 (산수 초급1, 44)

닭알이 몇알인가를 알아 보자요 (산수 초급1, 108)

### 3.2. 한국학교의 한국어 교육

동경지역에는 민단계 학교로서 동경한인학교(한국학교)가 있다. 초등학교, 중학교, 고등학교로 구성되는데, 기본적으로 한국의 교육과정을 따르고 있다.

총련계의 조선학교는 거의 모든 학생이 일본어를 모어로 하고 가정에서도 일본어로 생활하고 있는 데 비해 한국학교는 상대적으로 다양한 언어 배경을 가진 학생들로 구성된다.

| 출 생 지 | 인원수(명) | 체류자격 | 인원수 |
|---|---|---|---|
| 본 국 | 311 | 영주자 | 81 |
| 일본 | 160 | 정주자 | 116 |
| 기 타 | 2 | 일시체류자 | 230 |
| | | 이중국적 및 외국인 | 44 |
| 합 계 | 473 | 합계 | 473 |

[표 4] 한국학교 초등학교의 학생 구성

[표4]를 보면 알 수 있듯이, 3분의 2 정도의 학생들이 한국에서 태어났으며 반 이상이 일본에 한시적으로 체류하고 있다. 영주자와 정주자도 나머지 절반을 차지한다. 이러한 구성을 통해 한국학교 학생들의

언어 배경을 다음과 같이 나누어 볼 수 있다.

(1) 한국어를 모어로 하면서 가정, 지역 및 학교에서 한국어 환경을 유지하는 경우. 이런 학생은 대부분 본국으로 귀국할 것을 전제로 하기 때문에 본국의 교육체제에 복귀하였을 때 지장이 없을 정도로, 즉 한국 국내와 동등한 수준의 국어 교육을 요구한다. 일반적으로 본국 출생, 일시체류자인 경우가 이에 해당한다.

(2) 한국어를 이해하고 어느 정도 말할 수 있으며 가정에서도 한국어 환경을 유지하지만, 일본어를 모어로 하는 경우. 부모가 한국어 모어화자이지만 일본의 유치원, 초등학교 저학년교육을 받은 뒤 한국학교에 전입한 학생은 한국어 일본어 양쪽 다 가능하지만 일본어를 좀 더 자유롭게 사용하는 경우가 대부분이다. 본국 출생 및 일본 출생의 영주자 혹은 일본 체재 기간이 긴 일시체류자 즉 뉴커머 가정 학생이 이에 해당한다.

(3) 일본어를 모어로 하면서 가정에서도 일본어로 생활하는 경우. 일본 출생이면서 영주자 혹은 정주자인 경우로서 올드커머 가정 학생이 이에 해당한다.

한국학교는 민족정체성 교육 강화를 교육 목표로 하여 그 구체적 방안으로 국어지도 강화를 설정하고 있다. "체계적으로 생각할 수 있고, 생각한 것을 우리말로 바르고 조리 있게 쓰고 말할 수 있게 지도함은 물론, 우리글, 우리문화에 대한 철저한 이해를 통해 민족정체성을 함양함과 아울러 이를 바탕으로 다른 나라의 언어와 문화를 바르게 표현할 수 있는 능력을 길러"주는 데 역점을 두고 있으나 학교 교육은 기본적으로 한국 국내의 교육과정을 따르고 있다. 그렇기 때문에 위의 (2), (3) 유형의 학생들에게 국어 과목은 상당히 높은 벽으로 다가온다.

한국학교는 이러한 문제를 해결하기 위해 수준별 분반 수업, 방과 후 보충학습, 한국어 모어화자 학부모를 중심으로 한 자원봉사자와의 연계지도를 실시하고 있다. 그 결과 일본어 모어화자 학생들도 1년 정도 지나면 어느 정도 말하기, 듣기, 읽기, 쓰기에 걸친 종합적인 한국어 능력을 갖추게 되지만, 모어화자와의 차이는 좀처럼 좁혀지기 어려운 것이 현실이다.

## 4. 재일동포의 한국어 교육 실태(2) : 학교 밖에서의 교육

60만 재일동포 가운데 민족교육을 받고 있는 학생은 조선학교 재적생 12,000명, 한국학교 재적생 1,000여명, 관서지방의 세 곳의 한국계 민족학교 재적생 1,500명으로 이들을 다 합쳐 15,000명이 채 되지 않는다. 5-19세의 학령기 인구가 2005년 현재 6만 명이 넘는다고 하는데(민단 홈페이지 http://www.mindan.org/kr/shokai07.htm) 이 가운데 민족교육을 받는 학생은 25퍼센트 정도에 불과한 인원이다. 대부분의 재일동포가 일본 학교에 다니면서 일본의 국어 교육을 받고 있는 이러한 현실에 눈을 돌려 조총련과 민단에서는 각각 준정규과정을 운영하고 있다. 준정규교육과정은 민족학급, 오후야간학교, 토요학교 등으로 구성되는데, 한국어 교육, 역사, 지리, 문화 등을 가르치고 있다.

여기서는 한국학교에서 운영하는 토요학교를 중심으로 그 실태를 살펴보고, 학교 이외의 장에서 이루어지는 한국어 교육에 대해서도 언급하도록 한다.

한국학교의 토요학교는 1993년 개설된 이래 동경시내의 한국학교 교사에서 매주 토요일 수업이 실시되고 있다. 한국어 교육뿐 아니라 문화, 역사 교육을 동시에 실시하고 있다. 한국학교측이 밝히는 취지와 운영 현황은 다음과 같다.

(1) 취지: …대부분의 재일동포 자녀들이 일본학교에서 수학하고 있고, 이들을 위한 민족교육의 기회도 그리 많지 않아 자라나는 세대들의 일본으로의 동화가 날로 촉진되어 종래의 민족교육만으로는 소기의 성과는 기대하기 어렵게 되었다.

이러한 민족교육의 위기적 상황에 대처하기 위하여 오랫동안 연구를 계속해 온 본교에서는 93학년도부터 매주 토요일마다 토요학교를 개설하여 일본학교에 재학 중인 동포 자녀들에 대한 민족교육의 기회를 제공하고자 토요학교를 개설하였으며, 이를 통해 동포사회의 관심을 환기시키고 재일동포 2, 3세대 자녀들에게 애국·애족의 정신을 함양시키고자 한다.

(2) 현황

| 학 년 도 | 수강생수 | 수료자수 | 학 년 도 | 수강생수 | 수료자수 |
|---|---|---|---|---|---|
| 1993 후기 | 90 | 47 | 2000 전기/후기 | 187 /135 | 131 /128 |
| 1994 전기/후기 | 88 /91 | 49 /64 | 2001 전기/후기 | 214 /213 | 112 /112 |
| 1995 전기/후기 | 91 /124 | 46 /64 | 2002 | 333 | 176 |
| 1996 전기/후기 | 160 /88 | 84 /45 | 2003 | 336 | 161 |
| 1997 전기/후기 | 143 /101 | 71 /77 | 2004 | 320 | 176 |
| 1998 전기/후기 | 104 /114 | 84 /80 | 2005 | 318 | 158 |
| 1999 전기/후기 | 147 /154 | 105 /95 | 2006 | 312 | 158 |
| 2000 전기/후기 | 187 /135 | 131 /128 | 계 | 4,177 | 2,229 |

[표 5] 토요학교 수강생-수료자수의 추이

### (3) 교육 내용

| 교　　과 | 교 육 목 표 |
|---|---|
| 우리말 | 쉬운 기초적 생활어의 구사능력 육성 |
| 우리문화 | 민족문화를 존중하는 마음과 태도 및 한국인의 긍지 함양 |
| 우리나라 | 조국과 민족을 사랑하는 마음과 민족공동체의 의식 함양 |
| 특별활동 | 협동심과 공동생활 감정의 배양 |

[표 6] 토요학교의 교육 내용

### (4) 지도방법

| 교육활동 | | 지 도 방 법 | 배당시간 |
|---|---|---|---|
| 우리말 | 수업 | 제2언어 학습을 위한 개별화 학습 지도 | 30시간 |
| | 과제학습 | 자학자습의 과제 배부 | 30시간 |
| 우리문화 | 수업 | 일제학습과 노작체험 학습 활동 | 8시간 |
| 우리나라 | 수업 | 일제학습과 노작체험 학습 활동 | 8시간 |
| 특별활동 | 행사 | 견학과 관찰(3회)활동, 체육대회 | 2 회 |

[표 7] 토요학교의 학습 지도방법

이와 같은 체제로 운영되는 토요학교는 학생을 유치부, 1·2학년, 3·4·5학년, 6학년·중학생으로 나누고 다시 한국어 말하기·듣기· 읽기 능력에 따라 상(모두 가능), 중(부분적 가능), 하(못함)로 나누어 10개의 학급을 운영하고 있다. 교사는 한국학교 교사가 정교사, 한국학교 중학교의 모어화자 학생이 보조교사로 참가하고 있다.

한국어 수업은 한국교육과정평가원과 국제교육진흥원에서 재외동포 2, 3세 초등학생을 대상으로 개발한 회화 교재 "한국어 회화 1"을 사용한다. 이 교재는 재외동포 어린이가 한국의 친척집을 방문하여 접하게 되는 다양한 상황을 중심으로 전개되는 회화 위주의 내용인데,

학생들의 현실 상황에 맞는 내용이 되도록 교사가 각 학급의 상황에 맞추어 적절한 내용을 취사 선택하고 아래와 같은 보조교재를 적절히 활용하여 수업을 진행한다. 또한 이름쓰기 등 단어 단위의 소위 통문자식 한글 학습을 병행하여 구어뿐 아니라 문자운용 능력을 지향한다.

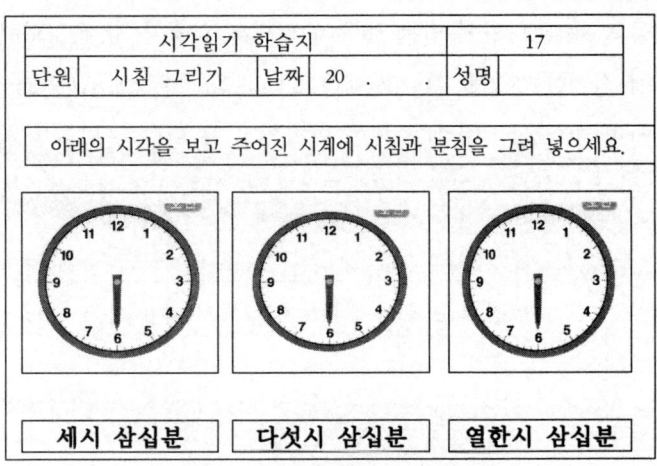

[그림 1] 토요학교의 각종 보조자료 1

　　한편, 고학년의 경우는 아래의 자료와 같은 성인 한국어 학습자용 시판 교재, 그리고 교사가 수집한 보충자료를 사용하여 일본어와 한국어를 대조해 가면서 한국어의 발음, 문법 구조, 한글 쓰기 등을 학습한다.

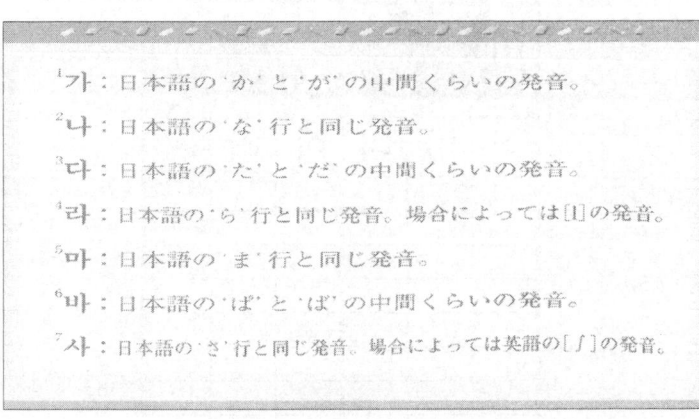

[그림 2]　토요학교의 보조자료 2

이와 같이 운영되는 한국학교의 토요학교는 일본학교에 다니면서 한국어를 접할 기회가 없었던 올드커머 3세 이상 자녀들, 뉴커머 및 단기 체재자 자녀들에게 한국어 학습의 귀중한 장이 되고 있다. 일년 과정이지만 반복해서 수강하여 한국어 능력을 향상시키려는 학생도 생겨나고 있다. 그러나, 일주일에 한 번, 1년 30시간의 수업을 통해 습득할 수 있는 능력은 매우 제한적일 수밖에 없다. 매주 토요일, 대부분의 학생이 두 시간 이상 걸리는 한국학교까지 나와서 수업을 듣는다는 것은 높은 기대와 목표의식, 그리고 그에 상응하는 성취감 없이는 지속되기 어려운 것이 현실이기 때문이다. 이러한 문제는 1년 과정을 수료하는 학생의 비율이 등록학생의 절반 정도밖에 되지 않는다는 사실에서도 간접적으로 드러난다.

이 외에 민단이나 총련 주변 단체, "朝鮮奬學會"와 같은 장학단체에서 단기적으로 실시하는 한국어 강좌와 한국어 말하기 대회, 경시대회 등이 있다. 이들은 대부분 고등학생 이상의 재일동포 자녀를 대상으로 하고 있는데, 언어형성기의 재일동포 자녀들을 대상으로 하는 한국어 교육으로 범위를 한정하였으므로 본고에서는 다루지 않는다.


## 5. 전망과 과제

이상에서 재일동포의 한국어 교육 현황을 언어 형성기의 아동에 초점을 맞추어 살펴보았다. 구체적으로는 민족학교의 한국어 교육을 조선학교, 한국학교로 나누어 각 현장이 놓인 사회적 배경, 언어 현실과 연결하여 알아보았으며 학교 교육 이외의 장에서의 한국어 교육을 동경 한인학교 부설 토요학교를 중심으로 살펴보았다.

구체적인 교육 내용의 분석보다 모국어인 한국어를 제2언어로서 학습하게 되는 사회적 여건과 학습자의 사회언어학적 특징을 정리하는데 중심을 두었는데 이 과정에서 재일동포에 대한 한국어 교육의 특징을 다음과 같이 정리할 수 있었다.

① 언어형성기의 학습자에 대한 교육
② 일본어 환경에서 이루어지는 제2언어로서의 모국어 교육
③ 복수의 언어 규범이 공존하는 장에서의 교육

이 세 가지 특징에 따라 앞으로의 재일동포 한국어 교육이 나아갈 방향을 짚어 봄으로써 논의를 마무리 하도록 한다.

### ① 언어형성기의 학습자를 대상으로 하는 한국어 교육

한국과 일본의 경제, 문화적 교류가 활발해짐에 따라 활기를 띠고 있는 일본에서의 한국어 교육의 실체는 일본어를 모어로 하는 성인 혹은 청소년 학습자를 주된 대상으로 한다. 그러나 재일동포에 대한 모국어로서의 한국어 교육의 중심은 언어 형성기에 놓인 초등학생 연령의 학습자를 대상으로 하게 된다. 따라서 언어 형성기의 아동의 인지적 정서적 발달과정에 맞춘 교과내용 및 교수 방법이 개발되어야 할 것이다.

또한 구어와 문어의 균형 잡힌 교육이 제공되어야 한다. 즉, 언어 능력의 네 가지 요소인 말하기, 듣기, 쓰기, 읽기를 고루 익힐 수 있어야 하는데 그러기 위해서는 지속적으로, 상당한 양의 시간을 할애해야 한

다. 토요학교처럼 절대적 시간이 제약되는 경우에는 수업 이외의 방안이 강구되어야 한다. 효과적인 과제물, 혹은 자습 가능한 보조자료의 개발이 필요한 부분이다.

이와 더불어 관심을 가져야 할 사항으로 학부모에 대한 한국어 교육이다. 유치부나 저학년 학습자의 경우, 가정과의 협조가 잘 이루어져야 원만한 교육이 이루어질 것인데, 가정 학습을 돌보아 주어야할 부모가 한국어에 대한 지식이 전혀 없으면 기대하는 성과를 이루기 어려울 것이기 때문이다. 물론, 학부모는 성인 학습자를 대상으로 하는 일반 한국어 교육을 받으면 되는 문제이지만, 아동의 학습과 병행하여 학부모도 연계 교육을 받을 수 있다면 좀 더 나은 결과를 기대할 수 있을 것이다.

### ② 일본어 환경에서 이루어지는 제2 언어로서의 모국어 교육

제2 언어로서 한국어를 학습한다는 것은, 모어인 일본어의 바탕 위에서 한국어 학습이 이루어진다는 것을 의미한다. 특히 한국어와 일본어는 어순이나 문법요소가 유사하고 동일 구성의 한자어를 공유하기 때문에 오히려 양 언어의 학습에 각각의 모어가 학습 저해요소로 작용하는 경우도 적지 않다.

일본어를 모어로 하는 동질적인 언어 배경을 가진 학생들을 대상으로 하여 정규 교육과정에서 한국어를 학습하는 조선학교의 학교생활에서 학생들이 사용하는 한국어가 일본어의 영향이 두드러지는 일본식 한국어임은 주지의 사실이다. 조선학교 출신자들이 여행이나 친지 방문 등으로 본국에 가서 모어화자와 대화를 하면서 자신의 한국어가 본국에서 통하지 않는 것을 알고 충격을 받아 한국어 공부를 다시 시작한다는 경험담을 종종 접하게 되는 것이다. 이러한 상황을 극복하기 위해서는 한국어와 일본어의 유사점과 차이점에 대한 정확한 지식 및 언어 접촉의 기제에 대한 충분한 이해를 토대로 한 교육이 제공되어야 할 것이다.

또한 한국어와 일본어가 공유하고 있는 언어 특징을 살리는 교육이 될 수 있도록 해야 할 것이다. 조선학교의 국어 교과서가 저학년 단계에서부터 단계적으로 한자를 제시하는 점은 일본어와 한국어가 공존하는 상황에서 매우 현실적인 시도라고 생각된다. 한자의 제시는 한국어 학습과 일본어 학습에 직접적으로 기여할 뿐 아니라, 객관적 대상으로서의 한국어와 일본어의 관계를 인식할 수 있게 해준다고 생각한다.

또한 학습자가 놓인 언어 상황을 배려한 교육이 제공되어야 할 것이다. 제2언어로 한국어를 학습해야 하는 일본어 모어화자가 국어 과목으로서 한국어를 학습해야 하는 한국어 모어화자와 같은 교실에서 같은 교재로 수업이 진행되는 상황에서 효율적인 교육이 이루어지기는 기대하기 어려울 것이다. 일본에 막 건너온 한국어 모어화자 어린이가 일본학교에서 일본 학생들과 똑같이 "국어" 수업을 받으면서 일본어를 습득해 나가는 것에 비견되는 상황이 민족교육을 실시하는 학교에서 빚어지고 있는 것이다. 학습에 들인 노력과 시간에 비례하는 효과를 올릴 수 있는 교육이 바람직한 것이라는 상식에 비춰 볼 때, 현실적인 대책이 강구되어야 할 것이다.

한편, 민족적 아이덴티티를 확립한다는 대전제에 더하여, 한국어를 공부함으로써 얻어지는 이점을 파악하여 한국어 학습의 비전을 제시할 필요가 있다. 많은 재일동포들이 한국어를 구사하는 것을 긍정적으로 평가하면서도 적극적으로 행동에 옮기지 못하는 이유, 즉 민족학교가 수적으로 확장되지 못하는 이유는 한국어 능력이 현실적인 이익과 직결되지 못하기 때문일 것이다. 일본 사회에 생활의 중심을 두고 장래에도 일본 사회를 활동의 장으로 생각하고 있는 대다수의 올드커머는 물론, 본국에 비교적 강한 연대감을 갖고 있는 뉴커머의 경우에도 자녀를 민족학교에 보내거나 과외활동으로 한국어 학습을 시키는 것은 많은 현실적 어려움을 감수하는 큰 결단인 것이다. 이러한 문제는 사회 경제적 여건의 개선을 통해 해결될 수 있는 문제로서 한국어 교육에서 해결할 수 있는 것은 아니지만, 한국어 교육의 과제로 가까운 현실 속에서 한국어 학습의 동기를 개발해 내는 것 정도를 생각해 볼 수는 있을 것이다.

이러한 맥락에서 주목되는 것이 일본의 대학입시센터시험이다. 대학입시센터시험은 한국의 수학능력시험과 비슷한 위상을 가지는 시험인데, 2002년도부터 한국어가 이 시험의 외국어 교과에 추가된 것이다. 현재 외국어 교과는 5개의 언어 과목 가운데 하나를 선택해서 수험하도록 되어 있는데, [표8]에서 볼 수 있듯이 영어를 제외하면 중국어 다음으로 수험자수가 많고 득점율도 비교적 높은 편이다.

| 교과 과목명 | | 2002년도 | | 2003년도 | | 2004년도 | | 2005년도 | | 2006년도 | | 2007년도 | |
|---|---|---|---|---|---|---|---|---|---|---|---|---|---|
| | | 수험 자수 | 평균점 | 수험 자수 | 평균점 | 수험 자수 | 평균점 | 수험 자수 | 평균점 | 수험 자수 | 평균점 | 수험 자수 | 평균점 |
| 외 국 어 | 필 기 | 영어 | 549,224 | 54.84 | 551,891 | 63.41 | 535,944 | 65.05 | 520,048 | 58.09 | 499,630 | 63.76 | 503,823 | 65.54 |
| | | 독일어 | 127 | 51.07 | 96 | 55.49 | 105 | 71.28 | 102 | 66.55 | 106 | 77.92 | 125 | 71.30 |
| | | 프랑스어 | 156 | 70.63 | 138 | 65.78 | 154 | 69.77 | 149 | 66.00 | 141 | 67.30 | 158 | 70.56 |
| | | 중국어 | 436 | 75.15 | 405 | 75.35 | 409 | 73.98 | 372 | 84.56 | 397 | 85.28 | 485 | 82.09 |
| | | 한국어 | 99 | 82.70 | 169 | 85.48 | 174 | 76.82 | 213 | 79.06 | 189 | 77.64 | 186 | 73.77 |
| | 듣 기 | 영어 | | | | | | | | | 492,555 | 72.50 | 497,530 | 64.94 |

[표 8] 센타 시험 수험자수, 평균점 추이

일본에서 대학 진학을 염두에 두고 있는 재일동포 자녀들에 있어서

한국어 능력은 대학입시에서의 수험과목 선택의 폭을 넓히는 기회로
작용할 수 있을 것이다.

### ③ 복수의 언어규범이 공존하는 장에서의 교육

한국 국내에서 남북한의 언어 규범이 다르기 때문에 한국어 사용에
어려움을 느끼는 경우는 거의 없을 것이다. 그러나 북한 지향의 한국
어 커뮤니티와 한국계 한국어 커뮤니티가 공존하는 일본 사회에서 두
가지 언어규범의 존재는 학습자에게 부담으로 작용할 소지가 있다. 실
제로 일본의 한국어 관련 공인 검정시험 가운데 하나인 "한글검정"은
남북한의 언어규범을 모두 인정하고 있다.

의사소통의 수단으로서뿐 아니라 정서적 교류의 소통로, 문화의 전
달체로서 언어의 기능을 생각했을 때 북한의 언어규범에 따른 한국어
를 사용하는 사람과 한국의 언어규범에 따른 한국어를 사용하는 사람
이 서로에 대해 느끼는 위화감은 일본어식 한국어를 사용하는 사람과
의 접촉에서 느끼는 위화감과는 질적으로 다른 것으로, 일본어로 대화
하는 것보다 더 거리감을 느끼게 하는 것이 현실이다.

이 문제는 일본에서의 노력으로 해결될 수 있는 것도, 한국어 교육
의 장에서 해결될 수 있는 것이 아니고, 정치 경제 사회적 상황변화와
인식의 계발의 결과로 사회적 합의를 통해 해결될 수 있는 부분이라고
생각된다.

그럼에도 불구하고 지금 이 자리서 할 수 있는 것을 찾아내고 실천
하는 노력이 있어야 할 것으로 생각된다. 적어도 남북의 언어규범, 방
언 차이에 대한 인식과 실제적인 지식이 한국어 교육 당사자에게 공유
될 수 있어야 할 것이다.

# 참고문헌

## 논저

金賢(2006) "現在がわかる!在日コリアン", 東京 : 九天社.

朴良順(2007) '日韓バイリンガル年少者の二言語使用に見られる中間言語
の特徴', 生越直樹(編)(2007).

真田信治・生越直樹・任栄哲(共編)(2005) "在日コリアンの言語相", 大阪 :
和泉書院.

宋実成(2007) '朝鮮学校児童らの朝鮮語使用', 生越直樹(編)(2007).

申昌洙(2007) '民族教育の歴史と朝鮮学校における朝鮮語教育', 生越直樹
(編)(2005).

井上史雄(1989) "日本の多言語使用についての実態調査", 東京 : 東京外国
語大学井上史雄研

生越直樹(2005) '在日コリアンの言語使用意識とその変化', 真田信治・生
越直樹・任栄哲(共編)(2005).

生越直樹(編)(2007) "在日コリアンの言語", 科学研究費補助金(基盤研究B)
「移民コミュニティの言語の社会言語学的研究」研究成果報告集.

伊藤英人(1989) '在日朝鮮人によって使用される朝鮮語の研究の必要性に
ついて', 井上史雄(編)(1989).

伊藤英人(1996) 'コリアン・ニューカマーズの日本語使用の一端について',
"青丘学術論集8", 東京 : 韓国文化研究振興財団.

伊藤英人(2006) '現代における朝鮮半島以外のコリア語', "世界のコリアン",
東京 : 勉誠出版.

## 인터넷 사이트

獨立行政法人 大學入試センター　http://www.dnc.ac.jp/

東京韓人學校　http://www.tokos.ed.jp/

財團法人 朝鮮奬學會　http://www.korean-s-f.or.jp/

在日本朝鮮人總聯合會　http://www.chongryon.com/

韓國教育財團　http://www.kref.or.jp/top.html

# 4 필리핀 동포(한국인)교육의 현황과 개선 방안

황인수

## 1. 서언

1. 필리핀이란 어떤 나라인가? 필리핀이라는 나라에 대한 정확한 이해만이 이곳에서 생활하는 모든 재외동포 혹은 재외국민의 교육문제 해결의 제1 선행조건이 됨으로 개략적 내용을 다음과 같이 먼저 소개하고자 한다.

- o 국명 : 필리핀 공화국(Republic of the Philippines)
- o 정부형태 : 대통령제, 6년 단임
- o 면적 : 300,400㎢(한반도의 1.3배)
  - 7,107개의 도서로 구성, 전체의 65%가 산악지대
  - 루손(104,688㎢)과 민다나오(101,999㎢) 섬이 총면적의 65% 차지
- o 기후 : 고온 다습한 아열대성 기후(연평균 27℃)

o 1인당 GDP(2004년) : $1,017(GDP: 86.4억불)

o 인구(2005년) : 8,520만 명

o 인종 : 말레이계가 주종이며 중국, 미국, 스페인계 혼혈 다수

o 종교 : 카톨릭(83%), 신교(9%), 회교(5%), 불교 및 기타(3%)

o 주요언어 : 영어 및 타갈로그어(Tagalog)

o 외세지배 : 스페인(1571~1898), 미국(1898~1946) 일본(1942~1945)

  - 2차대전 후 1945부터 미국의 식민통치하에 있다가 1946.7.4 정식 독립

  - 독립기념일은 스페인으로부터 독립을 선언한 1898.6.12


2. 필리핀과 한국과의 관계는 어떻게 이뤄져지고 있는가? 그 역사가 언제부터이며 현재 어떤 관계를 유지하고 있는가를 제2 선행조건으로 소개하고자 한다.

o 약사

  - 1949. 03. 03  수교

  - 1950. 09. 19  6.25 한국전 필리핀 파병(참전16개국 중)

      - 참전기간 : 50. 09. 19 ~ 53. 05. 13

      - 총 인 원 : 7,148명(총 5개 대대 교대 참가)

      - 전사상자 : ·전사자 112 명

                   ·부 상 299 명

                   ·실 종 57 명(이 중 41명 포로교환)

  - 1966 박정희 대통령 / 1981 전두환 대통령 / 1994 김영삼 대통령 / 1999 김대중 대통령 / 2005 노무현 대통령 필리핀 국빈 방문

  - 1993 라모스 대통령 / 1999 에스트라다 대통령 / 2003 아요로 대통령 / 2007 아요로 대통령 국빈 한국 방문

## 2. 재외동포와 재외국민 개념과 그 현황

### 2.1. 재외동포와 재외국민 개념

대한민국 밖에서 거주하고 있는 우리 민족을 가리키는 총칭적인 말로 교포, 해외교포, 동포, 해외동포, 재외동포, 교민, 재외국민, 재외한국인 등으로 다양하게 혼용되어 온 것이 사실이다. 그러나 일반적인 용어의 정의는 다음과 같이 크게 두 가지로 할 수 있다.

하나는 재외동포로 국적을 불문하고 외국에 거주하는 우리 민족을 통 털어 일컫는 용어이며 이에는 일시체류자, 영주권자, 시민권자, 이민 2세와 3세 등이 모두 포함되며 다시 재외동포는 재외국민과 외국국적자로 나눌 수 있다.

다른 하나는 재외국민으로 재외동포 가운데 한국 국적을 가진 자를 말한다. 재외국민은 다시 거주 목적에 따라 일시체류자와 영주권자로 나눌 수 있다. 일시체류자는 공무, 유학, 취업, 해외근무 등의 이유로 즉 한시적으로 외국에 거주하는 사람을 총칭하며, 영주권자는 한국국적은 가지고 있되 거주국에 영주할 의사를 가지고 있는 동포를 말한다.

이상의 내용을 요약하면 [표 1]과 같다.

[표 1] 재외동포의 구분

| 구　분 | 1차 구분 | 2차 구분 | 소지 국적 | 영주 의사 |
|---|---|---|---|---|
| 재외 동포 | 재외 국민 | 일시 체류자 | 한국 | 일시 체류 |
| | | 영주권자 | 한국 | 영주 |
| | 외국국적동포 | 시민권자 | 거주국 | 영주 |

## 2.2. 필리핀 재외동포 현황

[표 2] 거주자격별 재외동포 현황

(2007. 5. 기준. 단위 : 천명)

| 시민권자 | 영주권자 | 일시체류 | | | 계 |
| --- | --- | --- | --- | --- | --- |
| | | 일반 | 유학생 | 계 | |
| 4,048 | 1,452 | 1,211 | 334 | 1,545 | 7,045 |
| 57% | 21% | 17% | 5% | 22% | 100% |

2007년 5월 기준 우리나라 재외동포 수는 전 세계169개국에 705만 명에 이르고 있으며 그 중에는 일시 체류자 155만여 명이 포함되어 있다. 지역별 재외동포의 현황을 보면 전체 재외동포의 57%인 404만 명이 아주지역에 거주하고 있으며 33%인 234만 명이 미주지역에 거주하고 있다. 그리고 구주 및 기타지역에 10% 가량인 66만 명 정도가 거주하고 있다.

[표 3] 지역별 재외동포 현황

(2007. 5. 기준. 단위 : 천명)

| 아 주 | | | | 미 주 | | | | 구 주 | | | 중동 | 아프리카 | 합계 |
| --- | --- | --- | --- | --- | --- | --- | --- | --- | --- | --- | --- | --- | --- |
| 중국 | 일본 | 기타 | 소계 | 미국 | 캐나다 | 중남미 | 소계 | CIS | 기타 | 소계 | | | |
| 2,762 | 894 | 384 | 4,040 | 2,017 | 217 | 107 | 2,341 | 534 | 111 | 645 | 10 | 9 | 7,045 |
| 39% | 13% | 5%<br>(필리핀<br>87<br>1.23%) | 57% | 28% | 3% | 2% | 33% | 8% | 2% | 10% | - | - | 100% |

아주지역에서의 필리핀 재외동포 숫자는 중국, 일본 다음으로 많은

숫자이며 세계적으로는 8번째 큰 수의 나라이다.

## 2.3. 필리핀 재외동포 현황

따라서 필리핀국에서의 재외동포란 필리핀 국적을 가진 우리 민족과 한국국적을 가진 재외국민을 모두 포함시켜 일컫는 말이다. 필리핀에서의 지역별, 거주자격별 현황은 다음과 같다. [표 4] [표 5]

[표 4] 필리핀 지역별 재외동포 현황

자료제공(2007 주비한국대사관)

| 필리핀 | 총 계 | | | 지 역 | | | | | |
|---|---|---|---|---|---|---|---|---|---|
| | | | | 메트로 마닐라 지역 | | | 기타 지역 | | |
| 구분 | 남 | 여 | 계 | 남 | 여 | 계 | 남 | 여 | 계 |
| 동포수 | 54,000 | 32,800 | 86,800 | 31,000 | 17,800 | 48,800 | 23,000 | 15,000 | 38,000 |

필리핀의 우리나라 재외동포 수는 근년에 와서 급격한 증가추세(유학생, 조기유학생, 은퇴자 등)가 이어지고 있음에 비추어 볼 때, 대사관 추산 총 86,800명 보다 실질 수는 더욱 많다고 보아야 한다. 거주별로 볼 때, 메트로 마닐라 Metro Manila 지역은 마닐라 시를 중심으로 한 지역이며 기타지역은 외곽지역으로 바기오, 앙헬레스, 수빅, 세부, 다바오 등지를 포함한다.

[표 5] 필리핀 거주자격별 재외동포 현황
자료제공(2007 주비한국대사관)

| 필 리 핀 | | | 총  계 | | | 지        역 | | | | | |
|---|---|---|---|---|---|---|---|---|---|---|---|
| | | | | | | 메트로 마닐라 지역 | | | 기타  지역 | | |
| | | 구분 | 남 | 여 | 계 | 남 | 여 | 계 | 남 | 여 | 계 |
| 거주자격 | | 시민권자 | 0 | 0 | 0 | 0 | 0 | 0 | 0 | 0 | 0 |
| | 재외국민 | 영주권자 | 375 | 287 | 662 | 292 | 225 | 517 | 83 | 62 | 145 |
| | | 일반체류자 | 42,625 | 24,513 | 67,138 | 24,208 | 13,075 | 37,283 | 18,417 | 11,438 | 29,855 |
| | | 유학생 | 11,000 | 8,000 | 19,000 | 6,500 | 4,500 | 11,000 | 4,500 | 3,500 | 8,000 |
| | | 계 | 54,000 | 32,800 | 86,800 | 31,000 | 17,800 | 48,800 | 23,000 | 15,000 | 38,000 |
| 재외국민등록수 | | | 6,120 | 4,100 | 10,220 | | | | | | |

필리핀 시민권자는 전무한 것이 특징이며 영주권자수 역시 적은 것
은 이 나라 정책상 외국인의 국적 취득이 실생활에 별 도움이 되지 않
는다는 데 기인한다. 일반체류자가 거의 대부분을 차지하는 것은 소수
의 한국의 대기업 진출과 다양한 영세 중소기업의 진출이 수월한 지역
으로 인식하는 경향이 많으므로 생긴 기현상이라 하겠다.

필리핀의 국어는 타갈로그이지만 제2국어는 영어로 되어있기 때문
에 아시아에서 유일한 영어권 나라이기도 하므로 근년에 한국으로부
터 유학 또는 조기유학의 대상지로 떠오르고 있는 것이 특징이다.

## 3. 필리핀 동포교육의 현황

앞에서 말했듯이 필리핀은 한국전쟁 당시 우리를 도와준 우방 국가
이면서도 언제부터 우리교민이 이주해 왔는지도 정확한 사료에 의한
정립이 아직 되지 않은 상태이지만 1942년 일제 강점 시 징용당해 온

한국인 병사들과 여성들 중의 잔류자 그리고 1950년 한국전쟁 당시 파병된 필리핀 병사와 한국인과의 국제결혼 후 이주해온 다문화 가정, 그 뒤 1970년대부터 본격적인 한국 대기업들의 필리핀 진출 등이 필리핀 교민사회를 태동하게 하였다고 본다. 현재 고령자의 연령이 90대에서부터 내려옴을 보면 쉽게 알 수 있다. 대략 60여년의 역사를 지닌 필리핀 동포사회라 함이 무난할 것 같다.

이와 같은 짧은 교민사를 가진 이 곳 필리핀에서는 동포를 위한 교육사업의 추진이 어려웠으리라 생각되지만 유일한 교육기관인 필리핀 한글학교가 1970년 8월 15일 처음으로 개교한 것을 보면 협의의 동포교육 시작은 겨우 40년의 역사를 지녔다고 보겠다.

짧은 역사 속에서 일구어내고 있는 필리핀의 동포교육을 되살펴 봄으로써 향후 필리핀에서의 동포교육 추진 방향을 정립하고자 한다.

### 3.1. 일반(성인)교육 현황

한마디로 정부 주관의 넓은 의미로서의 체계적인 성인교육 기관(교육관, 교육원)은 전무한 상태이다. 다만, 소수이긴 해도 개인과 단체가 운영하고 있는 성인대상 교육기관은 있어 다행한 일이지만 인적, 재정적 뒷받침의 한계로 성과는 미진한 편이다.

**비한문화재단**(이사장 : 박현모) : 이 매년 동포를 위한 음악회 등 주요 무형문화재 문화행사를 치루고 있지만 일부 계층의 호응은 있으나 동포사회에 크게 부각되지 못하고 있다.

**필리핀한국부인회**(회장 : 김기인) : 2005년부터 성인 교민 위주의 다양한 Program(발리댄스, 요가. 중국어 회화, 컴퓨터 강좌, 노래교실, 사물놀이, 타갈로그/영어회화, 킬트, 비즈공예 등)을 개발하여 주 3회 내지 1회씩 개강하고 있어 좋은 반응을 얻고 있는 것이 유일하다 하겠으나 이 역시 여성 위주의 교육프로그램이라는 단점을 안고 있다.

**정인한국어재단**(이사장 : 황인수 2002년 비영리 교육재단 설립) : 동포(일반 성인 및 대학 유학생)을 대상으로 한국어 구사능력을 평가하는 한국교육과정평가원의 '한국어능력시험(TOPIK)', 한글학회의 '세계한국말인증시험(KLPT)'을 주관하면서 시험을 대비한 강의를 연6회 실시하고 있다.

### 3.2. 학생(한국어)교육 현황

필리핀에 거주하는 한인수는 약 8만 7천 명으로 파악(대사관)되어 있지만 동포자녀 취학에 대해서는 숫자파악이 되지 못하고 있는 것이 현실이다. 그 이유는 일부 국제학교(미국계, 영국계)에 다니는 학생은 그 수를 확인할 수 있으나 이 곳 필리핀계 공사립 초중등학교에 다니고 있는 학생 숫자는 정확하게 확인하기 어렵기 때문에 미확인 상태이다.

특히 필리핀에는 증가하고 있는 **다문화 가정**(한국인과 필리핀인이 결혼한 가정)에서 태어난 2세들을 위한 한국(한국어)교육의 필요성이 절실히 요구되고 있다. 이들은 분명 한국인인데도 한국 교육을 받을 기회가 전연 없기 때문이다.

## 정규 한국학교

교민 수 8만 7천 명이라지만 부끄럽게도 아직 정규 학력인증 초·중·고등 한국학교가 없다. 다만, 정부 지원 하에 2008년 개교를 목표로 정규 학력인증 **필리핀한국학교**가 현재 학교 건축공사가 활발하게 진행 중에 있기 때문에 교민의 기대가 매우 크다. 내년 개교가 되면 필리핀 동포교육의 중심이 될 것임을 다시 기대해 본다.

## 한글학교

필리핀에는 12개의 한글학교가 있으며 필리핀 대사가 겸임대사로 있는 PALAU 공화국의 1개의 한글학교를 포함하여 모두 13개 한글학교가 있다. 정규학교가 아직 설립되지 않은 상태이므로 실질적인 한국 동포교육은 한글학교가 중심이 되어 교육되고 있다 해도 과언이 아니다. '필리핀한글학교'의 경우 1970년 개교하였기 때문에 역사가 38년 되는 그야말로 오래된 학교이기에 필리핀 동포사회 교육의 산실과도 같다.

한글학교 분포는 전 필리핀지역에 골고루 분포되어 있으며 중부 루손섬을 중심으로 되어 있다. 즉 루손 북부지역에 바기오한인학교, 중부루손의 중부지역인 엥겔레스에 엥겔레스한인학교, 수빅지역에 수빅한글학교, 메트로마닐라 지역에 마닐라구세군학교, 글로발크리스챤아카데미, 필리핀한글학교, 한국쉐마학교, 카비테한인학교, 필리핀남부

학교, 마닐라한국아카데미, 필리핀 중부지역인 세부에 세부한글학교, 필리핀남부지역인 민다나오섬의 바기오한글학교 그리고 팔라우공화국의 팔라우공화국에 팔라우한글학교가 운영되고 있다.

## 학교설립 배경

최초의 설립학교는 필리핀한글학교로 1970년 8월 15일 개교하였으며 그 설립 배경은 얼마 되지 않는 교민(대사관, 지상사 임원)들이 2세들의 민족 정체성 유지에 뜻을 함께하여 설립하게 되었으며 그 뒤 1982년 바기오한글학교, 1989년 대사관의 협조 아래 팔라우공화국에 팔라우한글학교가 설립되었고 그 후 1994년부터 교회 중심으로 한글학교가 급격히 늘게 되었다. 1994년 마닐라한국아카데미(필리핀정규학교 인가), 1995년 한인중심의 엥겔레스 한글학교, 1996년 세부한글학교, 1997년 다바오한글학교, 1998년 필리핀남부학교, 1999년 한국쉐마학교, 2000년 마닐라구세군학교, 2002년 카비테한글학교, 2003년 한인회중심 수빅한글학교와 교회중심 글로발크리스챤아카데미한글학교가 마지막으로 설립되었다.

설립배경의 특징은 처음 시작은 한인회 중심이었던 것이 지방여건에 따른 교뢰 중심의 학교가 증가하고 있다. 현재 전체 학교 13개 중 교회 중심이 9개 학교 한인회 중심이 4개 학교이다.

## 학생

필리핀 한글학교 학생수는 총 1,349명이며 학교에 따라 차이가 많이 나고 있다. 이는 학교의 역사, 인지도에 따라 다를 수 있으며, 대도시와 소도시 그리고 종교적인 측면에서도 다소 차이가 나고 있다. 그러나 어디서, 얼마의 학생을 교육시키느냐가 문제가 아니라 얼마만큼 한국인의 긍지를 심어주느냐, 얼마만큼 민족정체성을 키워주느냐에 문제해결점을 찾는다면 학생 수의 많고 적음은 별 문제가 되지 않는다.

## 교육과정 편성, 운영

학교 마다 다른 교육환경 속에서 나름대로의 교육과정 편성과, 운영을 하고 있지만 말 그대로 1주일에 한 번 주말인 토요일을 이용한 비정규학교 학교인 점을 감안할 때, 정상적인 교육과정 편성 및 운영은 불가능함을 이해해야 한다. 그러나 공통적인 교과과정 편성 및 운영은 다음과 같다.

(1) 교과과정 편성 - 유치원, 초등학교, 중학교, 고등학교 등급별에 따라 다소 차이는 있으나 도덕, 국사, 국어, 수학 과목은 필수로 편성하고 있다.

운영 - ① 매주 토요일 4시간 수업하며 민족 정체성 고양에 중심을 두고 국어 수업을 우선하며, 연간 40일 이상 수업함을 원칙으로 운영하고 있다.

② 외국에 거주하는 학생임을 감안하여 주입식 교육보다는 현지 적응교육 중심으로 재미있는 시간이 되도록 한다.
③ 다문화가정의 자녀들에 대해서는 의사소통이 가능하도록 특별지도(가정방문 학습지도 등)를 병행하고 있다.

(2) 교원 - 한국 교원자격증 소지자를 우선 채용원칙으로 하지만 지역 여건에 따라 대학 졸업자를 채용하고 보조교사는 현지 대학교에 재학 중인 한국인 대학생을 채용하고 있다. (모두 무보수로 봉사하고 있지만 교통비 정도 보조함)

(3) 사용 교재 - 국정교과서를 매 년 정부로부터 무상지원 받아 사용하고 있으며, 재외동포재단에서 교육기자재 일부를 지원하고 있다.

(4) 학교 건물 - 교회 중심학교는 자체 건물을 이용하고 있으며, 그 외 학교는 현지 학교 건물을 유상으로 임대하여 사용하고 있다. 점차적으로 자체 건물 확보에 노력을 경주하고 있음은 바람직한 일이라 하겠다.

## 애로점

한글학교가 가지고 있는 애로점은 한두 가지가 아님은 관심 있는 교민이나 학부형 그리고 공관에서도 잘 알고 있지만 도움에는 한계가 있다고 보며 그 도움보다는 한글학교 자체가 얼마만큼 성실하게 잘 운영하고 열중하고 있느냐?라는 것이 더욱 중요하다고 모든 한글학교 운영자들 역시 알고 있지만 현실의 어려운 점들을 다시 한 번 음미해 보고자 한다.

① 재외국민자녀(현지 출생)와 일시체류자 자녀(한국에서 학교 재

학)와의 학습능력 격차가 매우 심함으로써 생기는 교육과정 편
성 및 운영을 해결하기가 어렵다.

② 자원봉사라는 이름만으로 우수한 교사를 계속 확보하기가 어
렵다.

③ 세계화 시대에 외국생활을 하고 있는 아이들에게 그들이 만족
할 수 있는 민족 정체성내지 자긍심을 한글학교에서 지속적으
로 키워주기가 어렵다.

④ 한글학교 모두가 열악한 환경 속에서도 열심히 교육하고 있다
고 자부하지만 부모의 강요에 의해 하는 수없이 나오는 학생들
이 점점 많아지고 있는데 해결방법 찾기가 어렵다.

⑤ 한글학교에 가는 것이 재미있고 즐겁게 하려면 잘 가르쳐야함
은 물론이지만 보다 중요한 것은 학교 환경일터인데 좋은 시설
을 어떻게 만들 것인가? 재정적인 뒷받침이 아쉽기만 한 것이
현실이라는 점.

## 필리핀한글학교장협의회

필리핀한글학교장협의회는 2003년 8월 필리핀 내 12개 한글학교
교장과 대사관 교육담당영사가 함께 모여 협의회 구성의 필요성을 동

감하고 총회를 개최하였다. 그 구성의 목적을 필리핀에 거주하는 교민자녀들의 한국어 교육은 물론 민족 정체성 교육을 통한 예의바르고 정직한 한국인 육성에 두었다. (회장 : 황인수 - 필리핀한글학교장, 부회장 : 박남수 - 한국쉐마학교장, 사무총장 : 고광태 - 카비테한글학교장)

### 가. 일반 업무

(1) 학교간의 균형발전을 위한 업무
- 상호 정보교환(교원간 이동 정보, 교육과정 편성 및 운영 등)
- 교과서 신청 및 배분 일괄업무(대사관과의 유기적 협조)
- 학교운영지원비, 교육기자재구입비 일괄 신청업무
- 교원연수회 개최

(2) 지역사회와의 유기적 협조체제구축을 위한 업무
- 한인회를 비롯한 유관기관 행사 주관(체육대회, 통일문예대전 등)

### 나. 주요사업 및 실적

(1) 통일문예대전 주관(평화통일자문회의 주최)
- 2003년부터 매년 1회씩 5회 주관(글짓기, 만화 그리기, 웅변)하였음.

(2) 교장, 교사연수회
- 필리핀한글학교 교장, 교사연수 5회 개최
- 동남아시아 한글학교 교원연수회 1회 주관(마닐라)

(3) 학생 표창
- 매년 한글학교 졸업식 때, 협의회장 표창장 수여

◎ 필리핀한글학교장협의회 회원학교의 현황은 다음과 같다.

## 필리핀한글(한인)학교 현황

(필리핀한글학교장협의회 제공) 2007년도 4월 현재

| 학교명 | 교원수 | 합계 | 학생수 | | | | | E - mail 전화 FAX | 교장 (유무상) |
|---|---|---|---|---|---|---|---|---|---|
| | | | 계 | 유 | 초 | 중 | 고 | | |
| 필리핀 한글학교 | 21 | 332 | 311 | 66 | 202 | 33 | 10 | jikf_phil@hotmail.com 63-2-898-3951 63-2-898-3952 | 황인수 (유상) |
| 필리핀 남부학교 | 24 | 204 | 180 | 40 | 126 | 14 | - | 21nsh@hanmail.net 63-2-809-0025 63-2-809-0024 | 남상환 (유상) |
| 세부 한글학교 | 16 | 90 | 74 | 34 | 40 | - | - | kimpd007@yahoo.cr.kr 0921-496-3192 | 박종호 (자체) |
| 마닐라 한국 아카데미 | 15 | 94 | 79 | 4 | 36 | 26 | 13 | hankukac@hanmail.net 63-2-630-5725 63-1-644-2626 | 차훈 (자체) |
| 엘겔레스 한인학교 | 16 | 129 | 113 | 23 | 66 | 24 | - | dkjin0802@hanmail.net 63-2-045-887-1140 0921-334-4044 | 진대기 (유상) |

| | | | | | | | | |
|---|---|---|---|---|---|---|---|---|
| 다바오 한글학교 | 13 | 53 | 40 | 12 | 12 | 8 | 8 | goodsoilcorea@yahoo.com<br>63-2-082-293-1752<br>0916-226-5280 | 손성규<br>(유상) |
| 바기오 한인학교 | 17 | 117 | 100 | 30 | 70 | – | – | yamec@hanmail.net<br>0918-327-1597 | 정갑석<br>(유상) |
| 한국 쉐마학교 | 13 | 78 | 65 | – | 45 | 20 | – | sema-ph@hanmail.net<br>63-2-655-2426<br>0919-539-1379 | 박남수<br>(자체) |
| 마닐라 구세군 학교 | 6 | 44 | 38 | 18 | 12 | 5 | 3 | choisangkon@hanmail.net<br>63-2-751-3928<br>0918-444-2323 | 최상곤<br>(자체) |
| 카비테 한인학교 | 19 | 81 | 62 | 15 | 39 | 8 | – | kkt7966@hanmail.net<br>63-046-416-4155<br>0928-227-4600 | 고광태<br>(자체) |
| 수빅 한글학교 | 8 | 39 | 31 | 11 | 20 | – | – | 63-2-047-252-3922<br>63-2-047-252-3923 | 김병곤<br>(자체) |
| 그로발 크리스챤 아카데미 | 12 | 102 | 90 | 25 | 61 | 4 | – | gihyeonp@yahoo.co.kr<br>63-2-822-7597 | 신용기<br>(자체) |
| 팔라우 한글학교 | 3 | 27 | 24 | 5 | 8 | 8 | 3 | lifejsj@hanmail.net<br>680-587-1010 | 정상진<br>(자체) |
| 계 | 183 | 1,392 | 1,209 | 283 | 739 | 150 | 37 | | 13 |

◆ 학생수 전체 1,209명  교원수 183명  총 1,392명

# 4. 개선방안

## 4.1. 동포(한국인)교육을 위한 한국교육관, 교육원과 한국학교 조 속 설립

필리핀 동포사회는 약 7만의 교민들로 구성되어 있지만 아직 학력 인증 정규학교가 없기 때문에 2세, 3세 교육에 어려운 점이 많으나 정 부의 적극적인 지원으로 학교설립이 희망적으로 추진되고 있음은 매 우 고무적인 일이라 하겠다.(2008년 개교 예정)

다만, 성인을 대상으로 하는 정부 차원의 교육관, 교육원은 이미 전 세계적으로 11개관, 35개원이 설립되어 운영되고 있기 때문에 이제 필 리핀에도 설립되어야만 할 시점에 도달하였다고 본다.

이와 같이 한국학교 또는 교육원이 설립되어지면 동포교육의 큰 틀 이 잡혀 체계적이고 진취적인 그리고 단합된 자랑스런 한국인 사회가 만들어질 것을 의심치 않는다.

## 4.2. 필리핀한글학교장협의회의 활성화

13개의 한글학교는 각기 다른 특성을 지닌 크고 작은 학교이므로 학교마다의 교육활동 활성화에는 많은 어려움이 따르기 마련이다. 즉 단위학교별 문제점의 발생은 자체적으로 해결하기에는 너무 어려운 점들이 많기 때문에 공동 협의체인 필리핀한글학교장협의회를 통해 협의하면서 균형발전을 모색해야 할 필요성이 있다. 교장협의회는 단 위학교와 유관기관과의 중간에서 문제점 해결의 가교역할을 담당해야 하기 때문에 특히 한국의 대학 연구기관과의 유대를 강화해야만 할 것이다.

지금까지 해오고 있는 교원연수는 더욱 활성화되어야 한다. 교육의 질은 교사의 질을 능가할 수 없다는 굳은 의지를 심어주면서 새로운 자기연수의 기회를 계속해 주어야 한다.

또한 재정적인 지원을 바라기보다는 학생들에게 필요한 교육 관련 도서나 교육기자재 지원 쪽으로 중심을 두어야 하며, 지속적인 교원들의 질적 향상과 사기진작을 위한 재충전 프로그램 개발에 힘쓴다면 모든 문제점은 해결될 수 있다.

### 4.3. 다양한 성인교육 교육 프로그램 개발 보급

한국교육관 또는 한국교육원이 설립되기 이전이라도 다양한 성인교육 프로그램이 개발되어 진행되어야 함이 시급한 과제이다. 그렇게 해야만 맑고, 밝고, 아름다운 동포사회를 만들어 갈 수 있다.

유희나 놀이 중심의 교육 프로그램에서 한국적인 고유의 전통적 문화차원의 프로그램이 형성되어져야만 우리는 물론 필리핀인에게도 좋은 한국인의 상을 심어줄 수 있을 것이다.

이의 추진을 위해서는 기존의 관련기관(공관, 한인회, 문화재단, 단체 등)이 한데 모여 공동협의체를 구성하는 것이 바람직하며 세부 내용은 한국의 대학교 관련 연구기관의 자문과 협조를 구해야만 한다.

# 5 인도네시아의 한국어 교육 현황과 발전에 대한 제언

백창훈

## 1. 머리말

인도네시아는 세계에서 4번째로 많은 2억3천만 명의 인구를 가진 나라로, 현재 우리나라의 9위 교역상대국(한국은 인도네시아의 5위)이며, 인도네시아에는 약 1,100여개의 한국계 기업들이 활동하며 약 50만 명의 근로자를 고용하여 인도네시아 경제에 크게 기여하고 있다.

한국어는 1986년 국립인도네시아대학교에서 한국어를 선택과목으로 개설함으로써 공교육 분야에 채택되었으며, 현재 국립가자마다대학교와 나시오날대학 등 3개의 대학에 한국어과가 3~4년제 학위 과정으로 개설되어 있다. 2002년 월드컵 이후 한국에 대한 인지도가 급격히 상승하여 한국문화 및 한국어에 대한 수요가 늘어나게 되었으며,

최근 TV 드라마나 영화를 통해 한류문화가 전파됨으로써 한국어에 대한 교육 수요가 더욱 증가하고 있다.

본고에서는 인도네시아에서의 한국어 교육 현황을 살펴보고, 현지에서 한국어 교육 사업에 종사하고 있는 사람으로서 바라본 인도네시아의 한국어 교육 체계상 보완점과 향후 한국어 확대 보급 방안에 대하여 제언하고자 한다.

## 2. 인도네시아의 한국어 교육 현황

### 1. 한국어 교육 수요 증가의 주요 배경

○ 한국과의 교역 확대
○ 인도네시아 내 한국기업의 진출
○ 한류문화의 확산
○ 한국에 취업을 희망하는 인니 노동자의 한국어 시험 학습 열풍

### 2. 한국과 인도네시아의 관계 현황

2.1. 투자 및 무역

○ 우리나라의 對인니 교역은 2006년말 기준 수출이 전년대비 3.42% 감소한 48.7억불, 수입은 전년대비 8.15% 증가한 88.4억불로 39.7억불의 무역적자를 기록

○ 인니는 우리의 9위 교역상대국(우리는 인니의 제5위)이며 아세
안국가 중 1위로서 우리 수출 총액의 1.8% 및 수입의 3.1% 점
유하고 있는 바, 인니로부터 원유, 천연가스 등 광물자원 수입
이 많은 것이 지속적인 무역수지 적자의 큰 이유

○ 주요 수출품은 석유제품, 직물류, 석유화학제품, 철강제품, 전
자부품, 비철금속제품, 산업용전자제품, 정밀화학제품, 산업 기
계 주요 수입품은 천연가스, 원유, 석탄, 동광, 석유제품, 펄프,
목재류, 기타 금속광물, 천연고무, 석유화학제품

○ 1967년~2005년 기간 누계치 기준 한국의 대 인니 투자규모는
2,726건 121억 4천만$(인니정부 승인기준)로 전체 외국 투자국
가중 건수면에서 1위, 금액면에서 7위를 차지

## 2.2. 우리기업 진출현황

○ 현재 인도네시아 투자 진출 한국기업은 약 1,050개사로 이 중
섬유 및 섬유 관련 업체가 195개사, 신발 및 완구 관련 업체 97
개사, 전기 및 전자 관련 업체 79개사, 금속 및 기계류 관련 업
체 74개사 등이 활동하고 있음. 이들 한국계 기업이 고용하고
있는 인도네시아 근로자 수는 약 50만 명 정도로 추정되며 인
니 경제 발전에 큰 도움이 되고 있음.
※ 인니 전체 경제활동인구 9천만 명의 0.5% 차지

○ 우리기업의 인니 산업상 중요도

－인니 노동집약 산업 부문의 생산, 수출, 기술 습득에 큰 기여 1995년 이후 자동차, 전자 등 기간산업 분야까지 진출하였으며, 최근 플랜트 건설 및 SOC 기반 확충부문 참여

－2003년 이후 CDMA 무선통신 분야, IT 분야 및 자원개발 분야에 활발히 진출

### 2.3. 교민현황

○ 1940년대 후반에 일본 남방군 출신 한인들이 2차대전 종전 후 인니에 잔류하게 되며 이후 한인사회의 원조가 됨

○ 2007년도 인도네시아에 거주 및 체류하는 재외 동포 수는 약 3만 1천여 명으로 추정되는 바, 화교에 이어 제2의 외국인 사회를 형성

※ 지역별 현황 : 자카르타 및 인근지역 27,500명, 수라바야 1,500명, 반둥 900명, 발리 500명, 기타 700명

○ 대부분의 교민은 섬유·신발·완구·전자 등 노동 집약적 업종에서 자영업을 운영하거나 한국계 회사 혹은 외국계 회사에 근무하고 있으며, 본국과도 사업상 긴밀한 유대관계 유지

○ 자영업을 하고 있는 일부 한국인과 현지법인의 일부 직원은 사업상 목적으로 인도네시아 국적을 취득

※ 06.9 현재 인니 국적 취득자는 100명

O 한인 사회의 당면 현안으로 진출 기업인들의 도덕적 해이와 인
도네시아인들과의 문화 갈등, 불법체류자, 극빈 교민 체류, 국
내 범법자 유입 등이 거론

O 교포 언론으로는 자카르타 투데이·한타임즈, 일요신문 등이
발행

## 2.4. 문화교류

O 1983년 자카르타와 서울시의 자매도시 결연 이후 정기문화 공
연단 교류

O 2002 월드컵 이후 한국에 대한 인지도가 급격히 상승하여 한국
문화 및 한국어에 대한 수요가 늘어나는 등 한류가 확산 중
※ 02.7 Indosiar TV에서 한국드라마로는 처음으로 가을동화를
방영한 이래 6개 TV에서 약 37편 방영, 영화는 2003년 초부터
수입개봉 상영되기 시작

O 06.9 서울에서 개최된 우리 외교부 주관 '동아시아 주간' 행사
에 인니 공연단(33명) 및 영화 1편 참가

## 2.5. 인도네시아 노동인력의 한국시장 진출

O 양국은 2004년 '고용허가제 MOU'를 체결하여 인니 근로자들이 국내로 유입되기 시작하였으나 각종 문제가 발생하면서 일시 중단

O 이와 관련 부산 APEC 계기 양자회담(05.11)시 유도요노 대통령의 요청에 따라, 인니 근로자들의 유입이 2006년 5월부터 재개된 바, 인력 송출 과정의 투명성을 높이기 위해 현지에서 사전교육, 비자 신청 등 입국준비 진행이 전산 정보로 공유되는 등 관리체계를 강화
  ※ 06.9 기준 한국 체류 인니 근로자는 24,467여명

## 3. 인도네시아의 한국어 교육 현황

[인도네시아의 한국어 교육기관 또는 학원]

|  | 한국어학과 | 한국어강좌 | 어학센터 | 합계 |
|---|---|---|---|---|
| 대학교 | 3 |  | 7 | 10 |
| 중.고등학교 |  |  |  | 0 |
| 재외한글학교 |  |  | 10 | 10 |
| 현지사설학원 |  |  | 약 20여개로 추정 ||

## 3.1. 대학교

대학교의 한국어과는 인도네시아인들이 한국 및 한국어와 관련하여 번역사, 문화사절단, 비서, 관광가이드, 강사 등의 직업을 원하는 경우 입학하고 있다. 현재 정식 학과가 개설된 대학 및 대학교는 다음과 같다.

[2007년도 인도네시아 대학교의 한국어과 현황]

| 대 학 명 | 내 용 |
|---|---|
| Univ. of Indonesia | ○ 인문대에 06.9월 4년제 학위과정 개설<br>○ 학과명 : Korean Studies Program (Korean language and Korean culture)<br>○ 학점 : 4년 총 124점<br>○ 학생수 : 총 69명(1년 28명, 2년 42명)<br>○ 과목 : 약 42개<br>　한국의 역사, 한국문학, 한국어 입문, 한국어I~VI 등<br>○ 주요교수(강사진) : 현지인 약5명, 한국인 3명 |
| Univ. of Gadjamada | ○ 인문대에 07.9월 4년제 학위과정 개설<br>　03년도부터 3년제 단기연수(Diploma)과정 병행 운영<br>○ 학과명 : Korean Language Program<br>○ 학점 : 4년 총 156학점<br>○ 과목 : 약 47개<br>　한국어 입문, 한국어(회화, 문법, 작문, 번역 등)<br>　실용한국어, 한국문학입문, 한국문학, 한국의 역사, 한국의 사회<br>　한국의 정치 및 경제 등<br>○ 학생수 : 학위과정 45명, Diploma 71명<br>○ 주요교수(강사)진 : 현지인 8명, 한국인 3명 |
| Univ. of National | ○ 05년부터 3년제 단기연수(Diploma) 과정 개설<br>○ 학과명 : Korean language Program<br>○ 과목 : 약 24개<br>○ 학생수 : 66명<br>○ 주요교수(강사)진 : 현지인 8명, 한국인 3명 |

현재 한국어를 한국어 센터 등에서 강의 중(비학점) 이거나 향후 한

국어 과정 설치에 관심있는 대학은 다음과 같다.

○ University of Lambung Mangkurat

○ University of Islam Indonesia

○ University of Hasanudin(Sulawesi주 Makassar)

○ University of Diponegoro

○ University of Airlangga

○ University of Pendidikan Indonesia

○ University of Katolik Indonesia

### (1) 국립 인도네시아대학교(Universitas Indonesia)[1]

자카르타에 소재하고 있는 국립 인도네시아대학교내 한국학은 Ms. Soraya Saleh가 1989년부터 문과대내에 '초급 한국어'과정을 개설하며 시작되었다. 매 학기 10명 내외의 학생이 한국어 과목을 수강했으며 문과대내에 개설된 외국인을 위한 인도네시아어 언어연수반에 재학중인 한국인이 한국어 강의를 도왔다. 1994년 Ms. Soraya Saleh의 사망 후 한국어 과목은 폐강이 되었다가 Ms. Savitri Elias가 서울여자대학교에서 언어학 박사학위를 취득 후 1997년부터 다시 한국어 과목이 개설되었다. 그리고 2006년 9월부터 인문대에 4년제 학위과정이 개설되었다.

가. 한국학 현황

강의 과목은 다음과 같다.

| 전공과목 | 선택과목 |
|---|---|
| 한국어I<br>한국어II<br>한국어III<br>한국어IV<br>한국어V<br>한국어VI<br>비즈니스 한국어<br>한국어 상업통신<br>한국어-인도네시아어 번역 I<br>한국어-인도네시아어 번역 II<br>인도네시아어-한국어 번역 | 한국문화<br>한국 대중 연구<br>인도네시아-한국의 역사<br>일본-한국의 역사<br>한국 예술의 성장<br>한국 비즈니스의 체계<br>역사개론학<br>한국어 산문연구<br>한국어 시문연구<br>한국어 세미나<br>한국 언어 세미나<br>한국기업문화<br>문화교류의 통신<br>한국상업역사<br>한국의 사회정책 시스템<br>한국의 외교역사 등 |

## 나. 교재현황

A handbook of Korea; Korean Overseas Information Service, 1993

Facts about Korea; Soul Korean Quersen Information Service 1989

Korea: a nation transformed; Seoul Presidential Secretariat 1992

South North dialogue in Korea; Seoul International Cultural Society of Korea 1988

Seputar kebudayaan Korea/Seung Yoon Yang

Sejarah Korea/penyunting dan pengelola World Compugraphic

Facts and fallacies about Korea/Korean Educational Development Institute etc

### (2) 국립 가자마다대학교(Universitas Gadjah Mada)

국립 가자마다 대학교는 인도네시아 대학 중 가장 크고 가장 오래된 국립 대학으로 학생 수 47,000명, 2,800명의 교수요원, 2,000명의 행정직원이 있는 종합대학이다. 동 대학은 18개의 단과대학, 대학원, 단기학위과정(Diploma), 그리고 19개의 연구소 등을 보유하고 있다. 가자마다대의 한국학은 1995/1996년 학기에 처음으로 한국어강좌를 개설한 것으로 시작되었다. 1996년 10월 24일 가자마다대 종합연구센터 산하에 한국학연구소를 설립하였다. 가자마다대에서 한국학을 전담하고 있는 곳은 두 곳으로 한국학연구소와 인문대학이다. 한국학연구소는 한국문화 소개를 포함한 전반적인 한국학활동을 하고 있으며 인문대는 외국어교육부 산하에 한국어 프로그램을 운영하고 있다.

### 가. 인문대의 한국어 프로그램

인문대학은 1995년 8월에 교양선택 과목으로 한국어 및 한국 문화 강의를 개설하므로 한국학을 처음으로 시작하였다.

인문대에서 현재 개설중인 한국어 프로그램의 기본 목표는 가자마다대 학생들에게 한국어와 한국문화를 소개하고 관련 정보를 제공하는 것이다. 한국어와 한국문화를 접할 수 있는 기회가 매우 한정되어 있는 현지 사정을 고려했을 때 더 많은 학생들에게 한국어를 접할 수 있는 기회를 제공하는 것이 일차적인 목표가 되는 것은 당연하다고 할 수 있다. 이러한 이유로 이곳 한국어 프로그램은 교양선택과목 형태로 개설되어 전공에 상관없이 모든 학생들이 수강 가능하도록 개방되어 있다.

가자마다 대학 한국어 프로그램의 교육목표는 한국어와 한국 문화에 낯선 인도네시아 대학생들에게 한국어와 문화를 소개하고 더 나아가 한국에 대한 관심과 이해를 증대시키는데 있다.


## 나. 교재현황

한국어 과목에서 사용하는 교재 및 학습 범위는 다음과 같다.

| 과목 명 | 사용 교재 | 학습 범위 | 기타 |
|---|---|---|---|
| 기초 한국어 Ⅰ | 서강 한국어 1 (서강대학교 한국학 센터) | Student Book 1, Work book 1 준비1과-4과 | 기본 교재 중심 |
| 기초 한국어 Ⅱ | 서강 한국어 1,2 (서강대학교 한국학 센터) | Student Book 1, Work book 1 5과-6과, Student Book 2, Work book 2 1과-3과 | 기본 교재 중심 |
| 기초 한국어 Ⅲ | 한국어 2 (고려대학교 민족문화 연구소) | 1과-10과 | 인도네시아어 번역본 |
| 한국어회화 Ⅰ | 한국어회화 1 (고려대학교 민족문화 연구소) | 1과-10과 | 강사 재량으로 기본 교재 외에 부교재 활용 정도 높음. |
| 한국어회화 Ⅱ | 말이 트이는 한국어 1 (이화여자대학교) | 1과-7과 | 강사 재량으로 기본 교재 외에 부교재 활용 정도 높음. |
| 한국어 읽기 및 쓰기 Ⅰ | 자체 교재 | | 기존 자료들을 편집하여 강사가 자체 제작한 교재 활용 |
| 한국어 읽기 및 쓰기Ⅱ | 한국어 읽기 1급 (연세대학교 한국어학당) | 부분 선택 | |
| 한국어 문법 | Easy Korean Grammar (한국문화사) | 부분 선택 | |

### (3) 나시오날 대학교(Universitas Nasional)

나시오날 대학교는 자카르타에 소재하고 있는 사립 종합대학이다. 1987년 한국학연구소가 설치된 이후 일반인을 대상으로 한국어강좌가 개설되었으며 2005년부터 나시오날 대학교의 외국어 전문대학에 3년제 과정(Diploma)의 한국어과(Jurusan Bahasa Korea, Akademi Bahasa Asing Nasional, Universitas Nasional)가 개설되었다.

가. 한국어과 교과과정

한국어과는 6학기 과정으로 졸업에 필요한 최소 이수학점은 126학점이다. 그 중 한국어과 전공 필수과목의 학점은 88학점이며 각 과목당 2학점이다. 현재 개설된 전공과목은 다음과 같다.

|  | 한국어과 전공과목 |
|---|---|
| 1 | 한국어 강독 Ⅰ ,Ⅱ, Ⅲ. Ⅳ |
| 2 | 한국어 문법 Ⅰ ,Ⅱ, Ⅲ. Ⅳ |
| 3 | 한국어 회화 Ⅰ ,Ⅱ, Ⅲ. Ⅳ |
| 4 | 언어실습 Ⅰ ,Ⅱ, Ⅲ. Ⅳ |
| 5 | 번역 Ⅰ ,Ⅱ, Ⅲ. Ⅳ |
| 6 | 한국역사 Ⅰ, Ⅱ |
| 7 | 상업통신문 Ⅰ ,Ⅱ, Ⅲ. Ⅳ |
| 8 | 한국문화개론 Ⅰ (한자교육 포함) |
| 9 | 한국사회와 구조 Ⅰ, Ⅱ (한글 컴퓨터 교육 포함) |
| 10 | 번역 Ⅰ, Ⅱ, Ⅲ |
| 11 | 작문 Ⅰ, Ⅱ |

## 나. 교재현황

한국어과에서 사용하고 있는 교재는 고려대학교 민족문화연구소와 연세대학교 한국어학당에서 출간한 한국어 교재를 주교재로 사용하고 있다. 아직까지 자체적으로 제작된 강의교재는 없으며 강의의 효율성을 높이기 위해 시청각 자료를 활용하고 있다. 사용되고 있는 교재 및 시청각 자료를 살펴보면 다음과 같다.

고려대학교 민족문화연구소에서 출간, '한국어 1  4', '한국어 회화 1  4', 연세대학교 한국어학당에서 출간, '한국어 1  6'을 교육방송 (EBS) 제작, 'Let's Learn Korean'

　　중앙대, 호주 Griffith대 공동제작, 'Interactive Korean Through Video, 줄리엣의 한국유학'

　　홍보처 제작, 한국홍보비디오

　　한국드라마(비디오)

　　역사스페셜(비디오)

## 3.2. 중, 고등학교 및 초등학교

현재 인도네시아 정규과정의 중, 고등 또는 초등학교에서 실시되는 한국어 과목은 없는 것으로 조사되었다. 다만, 자카르타 한국국제학교의 초, 중, 고 과정에 재학 중인 1,209여명의 학생을 대상으로 한국어 교육이 실시되고 있다.

**[자카르타 한국국제학교]**

O 1976년 1월 5일 개교

O 1977.4 한국 교육인적자원부 및 1990.11 인도네시아 문부성의 설립인가를 받은 학교임.

O 2007년 현재 초등과정 24학급 581명, 중고등 과정 23학급 628명이 재학 중

O 교직원은 총 118명으로 한국인, 영어 원어민, 인도네시아인으로 구성

### 3.3. 어학센터 또는 사설학원

인도네시아에 있는 전체 한국어 어학센터나 사설학원의 수를 파악하는 것은 쉽지 않다. 현지 사설학원은 신고만으로 설립이 가능하기 때문이다. 9개의 한글학교 외 대략 약 20여개의 대학교 부설 어학센터나 사설학원이 운영되고 있는 것으로 추정되고 있다. 이러한 한국어 교습소가 존재하는 이유는 한국어능력평가시험(KLPT)의 응시를 위한 한국어 수강생의 수요가 많기 때문이다. KLPT 시험을 통하여 60점이상이 되면 합격증을 받으며, 이에 의하여 한국·인니 정부간 체결된 고용허가제에 방식에 의한 외국인 근로자로서 한국에서 직업을 가질 수 있다. 그 외에 경우는 앞서 설명한 바와 같이 많은 한국기업들이 진출하였으므로 인도네시아 내에서 한국과 관련한 구직을 목적으로 하는 경우이다. 2007년도 현재 인도네시아에 있는 한글학교의 현황은 다음과 같다.

[인도네시아 한글학교 현황]

| 학교명 | 교원수 | 학생수 | 수업시간 | | | | | |
|---|---|---|---|---|---|---|---|---|
| | | | 합계 | 유아 | 초등 | 중등 | 고등 | 성인 |
| 파푸아 한글학교 | 6 | 13 | 43 | 15 | 17 | | 11 | |
| 밀알한글학교 땅그랑 | 4 | 14 | 8 | 2 | 2 | 2 | | 2 |
| 밀알한글학교 찌까랑 | 4 | 20 | 6 | 2 | 2 | | | 2 |
| 족자 한글학교 | 10 | 26 | 7 | 2 | 2 | 3 | | |
| 스마랑 한글학교 | 11 | 77 | 12 | | 4 | 4 | 4 | |
| 바탐한인학교 | 12 | 15 | 18 | 3 | 6 | 6 | 3 | |
| 수라바야 토요한글학교 | 9 | 127 | 9 | 4 | 5 | | | |
| 발리한글학교 | 5 | 31 | 8 | 2 | 3 | 3 | | |
| 반둥한글학교 | 12 | 80 | 68 | 8 | 20 | 20 | 20 | |

## 3. 인도네시아의 한국어 교육 체계의 문제점과 제언

### 1. 한국어 보급이 활성화되어야 하는 이유

왜 한국어에 능한 인도네시아인들이 필요한가? 그것은 궁극적으로 양국 경제 활성화에 보탬이 되기 때문이다. 앞으로는 전세계적으로 자원을 무기로 한 국가 안보적 위협이 증가할 것으로 전문가들은 예상하고 있다. 인도네시아는 자체의 150여개의 유전을 포함한 광활한 국토에 엄청난 지하자원을 보유한 나라이다. 그리고 민주주의 체계의 문민정부의 안정적 국정운영 상황이 지속되어 경제적으로 성장이 빠르고 대외 투자 여건도 타 동남아 국가에 비하여 우세한 부분이 많다. 그래서 선진국에서는 현지 전문가 또는 로컬업체와 협력하여 이미 자원 선점에 들어간 상태이다. 그러나 한국의 경우 노동집약적인 산업은 많이 진출하여 있지만, 향후 경제 기반을 넓힐 수 있는 자원개발분야나 SOC사업 등에는 아직 부족한 면이 많다. 양국간 경제 교류를 확대하기 위해서는 상대의 나라에 대한 경제와 시장에 대한 많은 정보를 분석하고 그것을 적절히 기업에게 제공해 주어야 국내 기업들도 해외에 진출함에 있어 투자의 위험도를 줄이고 사업 추진상 난제들을 미연에 방지할 수 있는 것이다. 결국 양국간 교두보 역할을 할 수 있는 인적 자원의 양성이 현재 절대적으로 필요한 시점이다. 이러한 상호 소통의 인적자원들을 한국사람들이 직접 현지에 진출하는 비용보다 인도네시아인들을 통해 확보할 수 있다면 현지시장의 접근에 보다 효율적인 대응이 가능할 것이다.

본고에서는 그간 타 학술대회를 통해 재기된 문제점과 함께 새로운 문제점을 살펴보고 이것을 교육학적 측면이 아닌 비즈니스 측면에서 접근하는 해결 방안을 제언하고자 한다.

## 2. 한국어 교육의 문제점과 보완 방안

### 2.1. 전문 강사진의 부족

현재 대학 내 강의는 한국국제교류재단(Korea Foundation)과 KOICA 에서 지원한 한국인 원어민 외에 한국에서 국어학 학위를 이수한 인도네시아인들이 담당을 하고 있으나, 전문인력의 절대수가 부족하여 양질의 한국어 보급이 이루어 지지 못하고 있는 실정이다. 이러한 문제점은 이전에도 여러 학술대회나 세미나를 통해 거론된 내용이나, 여러

가지 사정으로 인하여 아직 충분한 개선이 되지 못하고 있다. 이러한
문제에 대한 해결방안을 아래와 같이 제언한다.

### 외국어 대학교 학생들을 현지 강사요원으로 양성

한국에는 인도네시아어를 전공으로 하는 학과가 2개의 대학교에 있
다. 그러나 이들의 취업에 어려운 점이 많아 사실상 4년간 배운 전공
이 졸업 후 사장되는 경우가 많다고 한다. 이들 말레이·인도네시아어
과 졸업 학생들을 위하여 취업의 기회도 넓히며, 현지 진출도 장려하
기 위하여, 교과과정에 한국어 교육 과정을 선택적으로 포함한다면 장
차 인도네시아의 한국어 어학센터의 강사로 활로를 제공하는 하나의
방안이 될 수 있다.

### 인도네시아 내 한국어 전문강사 양성소의 설립

인도네시아의 대학이 자체적으로 한국인 강사를 채용하는 데에는
재정적인 문제가 따른다. 이는 결국 인도네시아인이 한국어를 강의할
수 있도록 자질을 향상시키는 것이 필요하다는 것이다. 한국에 유학을
갈 수 있는 장학 프로그램 또는, 인도네시아 대학이나 한국문화센터와
의 협력을 통해 한국어 전문강사 양성소를 설립하여 자질 있는 강사를
양성하는 방안에 대하여 검토가 필요하다. 이들 양성된 강사들이 결국
제2, 제3의 강사 예비 인력을 교육할 수 있고, 이러한 강사가 늘어남으
로써, 인도네시아 현지의 경제 수준에 비하여 과도히 높은 한국어 학
원료를 낮출 수 있기 때문이다.

**인도네시아 대학 내 한국어 학과 신설에 대한 지원**

한국어 학과 개설을 위해서는 5명 이상의 한국어 국어학 박사가 있어야만 한국어 학과 개설 요건이 충족되기 때문에 한국의 각 대학에서 인도네시아인 국어학 박사를 연간 한 사람이라도 배출한다면 인도네시아 대학 내 한국어 학과 개설을 보다 활성화 시킬 수 있다. 이를 위하여 한국 정부 또는 국내 대학의 재정적 지원이 필요하다.

## 2.2. 인도네시아인을 위한 한국어 학습 경로의 다양화

자가마다대학교의 김강습 교수는 "대부분의 교재들이 영어권 사용자를 위한 한국어 교재로서 한국 내에서 한국어를 학습하는 상황을 설정하여 작성되어 있고 또한, 영어로 설명된 본문, 문법, 어휘는 비영어권 한국어 학습자들에게 장애물이 되고 있다." 지적한 바 있다.

언어의 교육은 반복 학습을 통하여 자연스럽게 몸에 배어나게 해야 실질적인 자질 향상이 이루어진다. 상기한 교과서의 문제점뿐만 아니라, 원어민의 발성이 수반되지 않는 언어 학습은 학습효과가 대단히 떨어지며 능률이 낮아 쉽게 중도 포기하는 학생들이 늘어나게 되는 것이다. 한국어 보급 초기 단계에는 한국어의 학문적인 접근보다는 우선적으로 확대 보급에 보다 중점을 두어야 할 것이다. 최근 인터넷의 발전과 한류 문화의 영향으로 한국어에 관심을 갖는 인도네시아인들이 늘어나는 것을 감안하여 다음과 같은 한국어 학습 접근 방법의 방안을 제언하고자 한다.

## 웹사이트를 통한 온라인 한국어 학습 지원

인도네시아에서도 인터넷의 보급이 급속히 늘어나고 있다. 그러나 아직 속도의 품질 문제로 온라인 동영상 강의는 힘든 여건이다. 현지의 인터넷 환경에 적합한 한국어 온라인 학습사이트의 개발이 필요하다. 예를 들면, 한국 전래동화의 간단한 배경 그림과 텍스트 및 한국어 음성의 혼합만으로 스토리 전개와 더불어 흥미를 유발함으로써 한국 문화의 전래와 한국어 학습을 동시에 충족할 수 있는 방안이 된다. 기존의 동영상 강의는 사실상 인도네시아에서는 이용하기 어려운 실정을 감안하여야 한다.

## 한국 드라마 또는 영화를 이용한 멀티미디어 학습교재

현실적으로 인도네시아에는 불법 DVD의 유통이 법적 울타리를 벗어나 있다. 한국에서 어제 방영된 TV 드라마가 다음 날 DVD로 복제되어 날개 돋친 듯 팔리고 있는 실정이니 드라마 제작자나 영화업체는 속이 쓰린 상황이지만, 다른 측면에서 보자면 그만큼 한류 문화가 급속히 파급되고 있다는 반증이 되기도 한다. 아쉽게도 폭력이나 수준 이하의 영화도 복제되어 한국영화라며 인터넷 블로그에 올라오기도 하며, 현지에서 음성적으로 번역이 되어 전혀 자막이 맞지 않는 경우도 다반사이다.

한국의 우수 드라마나 영화에 정확한 한국어 자막이 곁들여 진다면 아주 우수한 한국어 학습교재로 활용될 수 있다. 아예 비매품으로 학생들이 이용할 수 있는 양질의 멀티미디어 교재는 교과서 10권의 묵독보다도 더 나은 효과를 줄 수 있다.

기타 아래와 같은 다양한 방법으로 인도네시아인들이 한국어에 쉽게 접근할 수 있는 경로를 생각해 볼 수 있다.

<u>인도네시아 한국어 사전 개발 및 S/W변역기 개발</u>

<u>한국어 센터 운영(도서 대여 및 판매와 멀티 미디어 한국어 교육 자료 개발/판매)</u>

<u>인도네시아인 한국 여행객을 위한 포켓 여행집 발간</u>

<u>인도네시아 라디오 및 TV 방송국의 한국어 강좌 개설</u>

특히, 웹상에서 한국어-인도네시아어간 번역할 수 있는 사전이 현존하고 있지 않다. 이는 인도네시아인이나, 한국인 쌍방이 필요한 것이며, 더욱이 책으로 된 사전에 의한 지면상 한계로 인하여 제공되지 못하는 다양한 예제를 접할 수 있는 좋은 방법이 될 것이다. 이는 작은 비용으로도 충분히 가능하다.

## 2.3. 한국어 교습소의 문제

앞서 언급하였거니와 현재 인도네시아 내에 운영 중인 사설강습소의 현황조차 파악되지 못하고 있는 실정이다. 한국어 학습 수요자는 한국어능력평가시험(KLPT)이나 보다 나은 구직을 위하여 한국어를 배우려고 하나, 무허가 또는 허가를 득한 한국어 학원일지라도 교사나 교재의 문제점으로 정상적인 한국어 교육을 받을 수 없기 때문에 한국 취업을 원하는 인도네시아인들에게 많은 부조리와 과다한 경비가 지출이 되면서 한류 발전에 저해하는 요인 발생하고 있다. 이는 인도네시아 교육부의 한국어 담당자가 없는 관계로 인하여 신고만으로 학원 설립이 가능함으로 발생되는 교육질적인 문제이다.

### 한국어 학원의 공인 인증제도

한국어 학원의 강의와 학습 수준을 높이기 위하여, 강사의 적정 자격과 학습교재의 품질을 조사하여 한국어 학원으로서 정식적인 공인을 받을 수 있는 제도적 장치를 인도네시아 교육부와 협의하여 시행한다면, 해당 공인 현판이 있는 학원으로 이러한 사람들을 유도할 수 있고, 또한 사설 학원도 공인 획득을 위하여 필요한 수준을 따를 수 있다. 단, 이 제도는 인도네시아 교육부와 한국대사관간 협조를 통해 강제적인 사항이 아니라 권장 사항이 되어야 국가간 외교적 마찰을 미연에 방지할 수 있다는 점을 명심해야 한다. 그리고 공인된 학원에 대하여 공식 교재의 공급도 지원함으로써 적정 수준으로 사후 관리도 할 수 있을 것이다.

## 2.4. 한국어 능력 평가 시험(KLPT)의 시행상 문제점

이 내용은 약간 주제를 벗어난 내용일 수 있지만, 한국에 근로자로 취업하고자 하는 외국인의 한국어 능력을 평가함에 있어, 그것이 해외 근로 취업의 기회와 직접적으로 연결된 부분에 의하여 발생하는 문제점을 거론하고자 한다.

한국 노동부에서는 고용허가제 시행을 하면서 기업주들에게 한국어를 구사하는 외국인 근로자들을 선별하여 공급하겠다고 하였다. 2005년 8월 17일부터 각 국가별 한국 송출 희망자는 해당 국가의 지방 노동부에 접수 시 한국어 능력평가시험(KLPT)을 통과한 증명서를 보여 주어야 하는데, 한국어 교육 체계가 제대로 준비되지 않은 나라의 근로희망자에게는 사실상 한국 취업의 기회가 차단되고, 이를 빙자한 불법적인 어학원이 난립하게 되었고, 궁극적으로 한국에서 외국인 근로자를 필요로 하는 중소기업에 충분히 공급되지 못하는 수급상 문제가 발생하는 결과를 가져오게 되었다는 것이다. 이에 대한 구체적인 문제점과 해결방안은 다음과 같다.

### 한국 노동부의 년간 시험일자 공고 확립

한국 취업을 원하는 인도네시아 근로자가 부정기적 시험일자 공고로 인하여, 다른 일을 하지 못하거나 시험일자 발표날로부터 한국어 학원을 찾고 있는 현실이어서 무성의한 한국정부를 원망하는 원성을 사고 있다.

### 한정된 시험장소 문제점

인도네시아는 한반도의 9배에 이르는 지역적 특성에도 불구하고 한정된 접수/시험 장소로 인하여 시험 응시 비용의 몇 백배의 경비를 지불하면서 중간 브로커들에게 과대한 경비 소모를 하고 있다. 이에 대한 해결방안은 접수 시 인도네시아 지방 노동부로 통한 접수 방법과 취업 희망자들의 편의를 감안하여 시험 장소의 확대가 필요하다.

### 시험 감독에 대한 강화

인도네시아 정부의 최대 문제점인 개인 신원 확인 수단(한국의 주민등록증과 같은)이 확립이 되어 있지 못하여, 각 학원들의 현지인 교사들이 일인당 $500상당의 비용을 취업 희망자들에게 받아 대리시험을 보거나 시험장 안에서 답안지를 매매하는 현상마저 공공연히 발생하고 있다. 따라서 취업 희망자는 한국어 교육을 받기 보다는 답안지를 줄 수 있는 학원을 찾아가는 형태로 이어져 가고 있는 황당한 현실에 처한 것이다. 이에 대한 해결 방안은 지문을 이용한 응시 접수자 관리 및 지문으로 시험장 입장 시 신분을 확인하는 관리가 필요할 것이다.

## 4. 인도네시아 한국어 연수원의 활동과 계획

한국어 연수원은 한국·인니 정부간 체결된 해외근로자 송출 협약에 근거하여 인도네시아 내에서 선정된 인도네시아 근로자의 한국 입국전 사전 교육을 맡고 있는 기관이다. 이곳에서는 한국어 교육을 포함한 다양한 근로 활동에 대한 예비 교육이 합숙 연수원에서 실시되고 있다.

### 1. 한국어 연수원의 활동

비록 KLPT를 통과한 연수생이지만 한국어 수준이 대다수가 부족하므로, 한국에서의 생활에 필요한 어학연수를 단기에 습득할 수 있도록 아래와 같은 다양한 학습방법을 통하여 한국어를 교육하고 있다.

학습 교재는 실용적인 내용이 되어야 하며, 교육기간이 짧은 제약으로 인하여 인도네시아인들이 쉽고 빠르게 배울 수 있는 내용으로 자체적으로 개발하여 현재 적용하고 있다.

　　첫째 한글 멀티미디어 학습 프로그램은 한글 자모의 기초 쓰기부터 각종 사물 명사의 원어민 발음까지 스스로 학습할 수 있도록 하여 많은 효과를 거두고 있다. 또한 2단계의 한국 전래 동화를 이용한 한글 학습 프로그램은 단기 교육 과정에 가장 효율적인 방법으로 평가되고 있다.

둘째, 인도네시아어인을 위한 한국어 학습서로서는 최초의 한국어 교재를 자체적으로 편찬하여 한국어 학습에 적용하고 있다. 실용적인 내용을 위주로 하였으므로 해외근로자가 한국에서 근무 시에도 계속적으로 활용이 가능한 자료이다.

현재까지 한국어 연수원의 거쳐간 연수생은 6,850명이다.

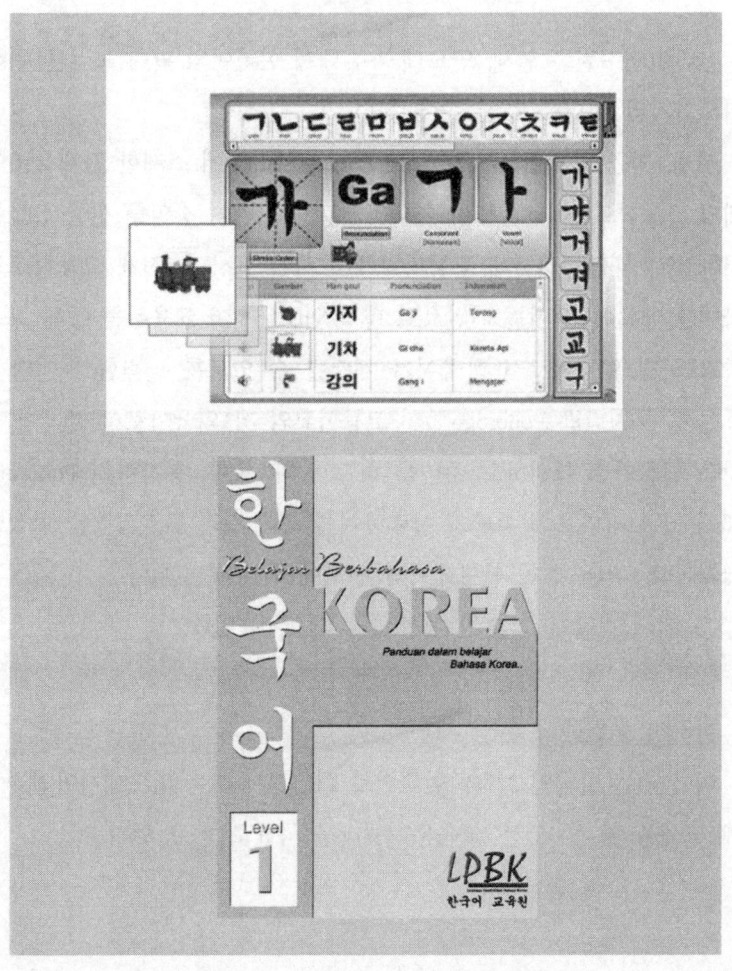

[한글교육 교재 관련 특허등록 현황]

특허등록번호 : 027852, 2004년 5월 27일 : 한글교육 프로그램

특허등록번호 : 027851, 2004년 5월 27일 : 한글교육 동영상 프로그램

## 2. 한국어 연수원의 향후 활동 계획

한국어연수원은 현재, 인도네시아 내에 한국어의 확대 보급을 위하여 2가지의 계획을 추진 중에 있다.

첫째, 최근 인도네시아 발리洲 Karangasem郡에 소재한 전체 250여 개의 고등학교를 대상으로 제3외국어로서 한국어 강의를 신설키로 합의하였고, 내년부터 5개 고등학교에서 시범 실시 후 전체 고등학교로 확대할 계획이다. 이를 기반으로 향후 인도네시아 교육부를 통해 고등학교의 제3외국어로서 한국어가 채택될 수 있도록 노력할 것이다.

둘째, 동자바洲 Ponorogo郡의 고등학교와 제3외국어로서 한국어 강의를 신설키로 합의하고 준비를 하고 있다. 또한, 동자바州 Ponorogo郡에 있는 라디오 방송국과 협력하여 한국어 강좌 프로그램을 편성할 계획이다. 이는 추후 인도네시아 전역에 확대할 것이다.

그 외에 다음과 같은 사항들을 준비 중에 있다.

### 한국어 교육센터 운영

이 센터는 한국인 2세와 한국어를 배우고자 하는 인도네시아인들에게 도움을 줄 수 있는 교육문화센터를 목표로 하고 있다.

### 한글을 사랑하는 모임(가칭:한사모)의 결성

인터넷을 중심으로 한 동호회 모임으로 한국어와 관련된 모든 이들에게 문호를 개방하여 인도네시아와 한국의 문화교류 발전에 기여할 것이다.

### 인도네시아-한국어사전 편찬과 번역 프로그램 개발

### 한글을 이용한 디자인 개발

의류 사업 및 각종 상품 디자인 사업에 관련하여 유관기업과 협력체제를 구축하고 한글 자모 형상을 응용한 디자인 보급을 추진할 계획이다.

## 5. 결언

인도네시아의 경우 이미 한국의 많은 기업들이 진출하고 있고, 한국과의 문화·경제적인 교류가 증가하면서 한국어 교육에 대한 수요가 나날이 늘어나고 있다. 한국어 보급의 중요성은 비단 문화적인 측면만이 아니라 경제적인 측면에 있어서도 대단히 중요한 부분이다. 언어란 해외 국가에 한국 기업들이 활동하기 위하여 그 나라 문화와 정보를 이해하는 가장 기반이 되는 부분이다.

이러한 한국어 보급 사업은 기업의 차원에서도 또한 많은 사업의 기회를 제공할 수 있다. 양질의 교재 개발 및 보급, CBT(Computer Based Training)를 기반으로 하는 디지털학습 시스템, 온라인 교육 사업,

어학원 프랜차이즈 사업 등 다양한 분야에 한국 기업들의 투자와 참여가 요청되고 있다.

　범정부적인 차원의 지원과 한국 및 현지 한국계 기업 간의 공조는, 한국어 보급 사업에 더욱 시너지 효과를 발휘하여 해당 국가별로 가장 적합한 한국어 교육 체계를 갖출 수 있을 것으로 판단한다. 이제부터라도 한국 정부에서는 일관성 있는 지원체계를 통해 적재적소에 인력과 자원을 배치하고, 교육관련 기업 간 공조 체계를 유도함으로써, 전 세계적인 대한민국의 위상 재고와 나라 발전에 기여해야 할 것으로 생각한다.

# 부록

## 한국어 국외 보급 관련 기관

오광근

## 1. 들어가는 말

이 글은 한국어 국외 보급과 관련된 국내 국가 기관 및 민간단체에 대한 사업 내용을 소개하는 데에 그 목적이 있다. 여기서 소개할 기관이나 민간단체는 2005년에 구성된 '한국어 국외 보급 협의회'로 국한한다. 이 협의회는 2005년 한국어 국외 보급 사업을 효율적으로 추진하기 위하여 구성되었다. 그 구성 목적은 첫째, 체계적이고 효과적인 한국어 국외 보급을 위한 사업 방안 협의 조정 둘째, 한국어 국외 보급 사업 추진상의 문제점 지적 및 개선 사항 권고 셋째, 각 부처 간 중복 소지가 있는 사업의 조정 및 중재 넷째, 한국어 국외 보급과 관련된 신규 사업 발굴 및 분배 다섯째, 부처(기관)별 추진하기 어려운 사업의 공동 추진, 여섯째, 기타 관련 정보 제공 및 교환, 상호 보완 사항 지적 및 협조 등이다. 이 협의회가 구성되면서 특정 학회에 지원하던 학술 개최 지원금을 한 기관에서만 지원하게 되었고 몇 개 기관에서 개별적으로 추진하려던 러시아 판 한국어 교재 개발이 한 기관에서만 추진하는 등의 변화가 있었다.

한국어 국외 보급 협의회 관련 기관이나 단체의 사업 내용을 소개하기에 앞서 한국어 교육 현황의 여러 단면들을 먼저 살펴보기로 한다.

## 2. 한국어 교육의 현황

최근 외국어로서의 한국어 학습자의 수는 통계를 내기 어려울 정도로 늘어나는 추세에 있다. 국내의 경우 공식적 집계는 나와 있지 않지만 1959년 연세대학교 한국어학당에서 24명을 시초로 1997년에는 연간 2천여 명, 2003년도에는 연간 5천여 명이 한국어를 배우고 있는 것으로 보고되고 있다. 현재 국내에서 연간 몇 명의 외국인이 한국어를 배우는지에 대한 정확한 통계를 낼 수는 없다. 전국적으로 한국어 교육 기관이 100여 개임을 감안하면 최근의 한국어 학습자들이 얼마나 늘어났는지는 가늠할 수 있겠다.

국외의 경우도 비약적인 발전이 있었다고 해도 과언이 아닐 것이다. 예를 들면, 3년 전만 하더라도 중국 내 한국어과 개설 대학은 56개 대학인 것으로 파악되었다. 그런데 최근에는 현지 한국어과 교수들조차도 현재 중국 내 한국어과가 몇 개인지 알 수 없을 정도가 되었다. 다만 70개는 넘을 것이라는 추측만 있을 뿐이다.

| | | |
|---|---|---|
| 가톨릭대학교 한국어교육센터 | 동신대학교 언어교육원 | 영남대학교 국제교류원 |
| 강남대학교 한국어교육원 | 동의대학교 외국어교육원 | 영남이공대학교 |
| 강릉대학교 외국어교육원 | 디지털서울문화예술대학 국제언어교 | 용인대학교 국제교육원 |
| 강원대학교 어학교육원 | 육원 | 우석대학교 한국어교육원 |
| 건국대학교 언어교육원 | 마산창신대학교 | 울산대학교 국제교류원 |
| 건양대학교 한국어교육원 | 명지대학교 | 원광대학교 어학원 |
| 경기대학교 어학원 | 배재대학교 한국어교육원 | 이화여자대학교 언어교육원 |
| 경동대학교 국제어학원 | 백석대학교 대외협력실 | 인제대학교 외국어교육원 |
| 경남대학교 국제교육원 | 부경대학교 외국어교육원 | 인하대학교 평생교육원 |
| 경북대학교 어학교육원 | 부산대학교 국제교류교육원 | 전남대학교 언어교육원 |
| 경상대학교 국제어학원 | 부산외국어대학교 한국어교육센터 | 전북대학교 언어교육원 |
| 경성대학교 한국어학당 | 상명대학교 한국언어문화교육센터 | 중앙대학교 한국어교육원 |
| 경희대학교 국제교육원 | 서강대학교 한국어교육원 | 창신대학교 한국학과 |
| 계명대학교 국제센터 | 서울대학교 사범대학 | 창원대학교 어학교육원 |
| 고려대학교 한국어문화교육선터 | 서울대학교 언어교육원 | 청운대학교 대외교류팀 |
| 광주여자대학교 국제교육원장 | 서일대학교 | 초당대학교 한국어교육부 |
| 광운대학교 언어교육원 | 선문대학교 한국어교육원 | 충남대학교 언어교육원 |
| 극동대학교 국제교육원 | 성공회대학교 아시아언어문화교류터 | 충북대학교 국제교육원 |
| 김포대학교 국제교육원 | 성균관대학교 성균어학원 | 평택대학교 사회교육원 |
| 단국대학교 국제어학원 | 성덕대학 | 포항공대 어학센터 |
| 대구공업대학교 국제교류협력센터 | 송곡대학교 | 한국방송 통신대학교 평생교육원 |
| 대구대학교 국제교류처 | 송호대학교 국제교육원 | 한국외국어대학교 한국어문화교육원 |
| 대전대학교 | 숙명여자대학교 국제언어교육원 | 한국항공대학교 한국어교육원 |
| 덕성여자대학교 언어교육원 | 순천향대학교 국제교육교류본부 | 한남대학교 한국어학당 |
| 단국대학교 국제교육원 | 신라대학교 한국어고용센터 | 한림대학교 국제교육원 |
| 동명대학교 언어교육원 | 신성대학교 국제교류원 | 한서대학교 어학연수원 |
| 동서대학교 동서어학당 | 아주대학교 한국어학당 | 한양대학교 국제어학원 |
| 동아대학교 국제교류교육원 | 안동대학교 대외교류협력센터 | 홍익대학교 국제언어교육원 |
| 동아대학교 사회교육원 | 안양과학대학 국제교육원 | |
| 동양대학교 국제협력원 | 연세대학교 한국어학당 | |

<국내 한국어 교육 기관>

이러한 한국어 교육의 양적 팽창은 중국에 국한되지 않는다. 2000
년 이후 베트남에서는 한국어 개설 학과가 5개에서 9개로 늘어났다.
태국은 7개에서 19개로, 그리고 몽골은 8개에서 18개로 늘어났다.

1990년대 이전만 하더라도 한국어 학습자의 국적은 미국과 일본에
집중되어 있는 편이었다. 그런데 1992년 중국과의 수교는 한국어교육

계에 큰 영향을 미쳤다. 한중 수교 이후 중국어를 모국어로 하는 한국어 학습자가 대거 한국에 들어왔기 때문이다. 이들 학습자 수는 과거 미국과 일본의 학습자 수를 능가하는 것으로 보인다. 이들 학습자들은 과거 주요 한국어 교육 기관에서 수용할 수 없을 정도가 되었다. 그리하여 많은 중국 한국어 학습자들이 서울이 아닌 다른 지역에서 한국어를 배우게 되었고 서울, 부산 등 일부 지역에서 한국어를 가르쳤던 한국어 교육 기관이 전국적으로 개설하게 되었다.

2005년도부터 부분적으로 실시되어온 고용허가제 한국어 시험(EPS-KLT, Employment Permit System Korean Language Test)은 한국어 학습자의 국적(國籍)의 다변화에 큰 영향을 주었다. 이 시험 제도는 한국에서 일하고자 하는 외국인들이 한국에 입국하기 전에 꼭 응시해야 하는 시험 제도이다. 현재 한국어 정부와 고용허가제 MOU(인력 송출 양해 각서)를 체결한 국가는 필리핀, 스리랑카, 태국, 몽골, 베트남, 인도네시아, 우즈베키스탄, 파키스탄, 캄보디아, 중국, 방글라데시, 키르기스스탄, 네팔, 미얀마, 동티모르 등 15개국이다. 적어도 이들 나라 국민들은 한국의 기업에 취업하기 위해서 한국어 공부를 열심히 해야 한다. 2007년부터 2009년 5월 현재까지 이 시험에 247,751명이 응시하여 94,791명이 합격하였다. 2008년의 경우 스리랑카(3만 6천여 명), 네팔(3만 1천여 명), 태국(2만 9천여 명) 등 세 나라에서 가장 많이 이 시험에 응시한 것으로 나타났다. 주지하는 바와 같이 스리랑카, 네팔, 파키스탄, 미얀마, 캄보디아 등은 한국어 교육 환경이 아주 척박하다 말할 수 있는 국가들이다.

한국어 학습자는 만 20세 이상의 성인층에 집중되어 있다. 특히 아시아권에서는 고등학교를 졸업하여 대학에 진학하고 난 다음 한국어를 공부하는 것이 일반적이었다. 자국에 진출한 한국 기업에 취업하기 위하여 또는 자국의 관광 사업과 관련하여 한국어를 공부하거나, 한국으로 유학을 오기 위하여 또는 한국 내 한국 기업의 취업 활동을 위하여 한국어를 공부하는 경향이 강했다. 최근 경향 중의 하나는 한국어 학습자의 층이 확대되고 있다는 점이다. 성인이 되기 이전에 한국어를 배우는 학습자 층이 점점 확대되고 있는 상태에 있다. 이와 관련된 상세한 내용은 각 기관의 사업 항목에서 설명할 때 다시 하기로 한다.

## 3. 한국어 국외 보급 관련 국가 기관·단체와 추진 사업

2005년에 한국어 국외 보급 사업을 효율적으로 추진하기 위하여 협의회가 구성되었다. 처음 이 협의회가 구성될 당시에는 '한국학술진흥재단'이 포함되었으나 이 기관의 한국어 국외 보급 관련 업무가 한국학중앙연구원으로 이관됨에 따라 한국학술진흥재단이 협의회에서 빠지게 되었고 당시 옵서버(observer) 자격으로 있었던 한국어세계화재단이 정식 구성원으로 합류하게 되었다. 그리고 협의회 발족 당시 담당기관의 부서 명칭이 변경되거나 담당자가 교체되는 등의 변화가 있었다. 2008년 상반기를 기준으로 그 협의회에 속한 기관이나 단체는 다음과 같다. 괄호는 관련 부서이다.

교육과학기술부(재외동포교육과)
국립국어원(국어진흥교육과 한국어진흥팀)
국립국제교육원(재외동포교육팀)

> 문화체육관광부(국어민족문화과)
> 외교통상부(문화외교정책과)
> 재외동포재단(교육문화팀)
> 한국국제교류재단(한국학사업부)
> 한국국제협력단(교육팀)
> 한국어세계화재단(연구실)
> 한국학중앙연구원(한국문화교류센터)

한국어 국외 보급 협의회 소속의 기관은 아니지만 국내외 한국어 교육과 관련된 기관이 몇 개 더 있다. 아래 세 기관의 부서는 외국인 근로자, 국제결혼 이민자 등 이주민과 관련된 사업을 주관하고 있다. 이를 소개하면 다음과 같다.

> 노동부(외국인인력정책과)
> 법무부(사회통합팀)
> 복지부(다문화가족과)

이제 한국어 국외보급 협의회 구성 기관에 초점을 두어 이들 기관에서 추진하고 있는 주요 사업을 간단하게 소개하고 이 중 한국어 예비 교사나 현직 교사에게 필요하리라 판단되는 사업에 대해서는 좀 더 자세하게 언급하고자 한다.

## 3.1. 교육과학기술부

교육과학기술부 재외동포과에서는 한국어 교육원, 한국학교, 재외
동포, 재외국민, 외국인을 대상으로 사업을 추진하고 있다. 주요 사업
으로는 한국교육원의 지원, 국외 초·중등학교 한국어 채택 지원, 한
국어 능력시험(TOPIK) 등을 들 수 있다.

아래 표에서 알 수 있는 바와 같이 전 세계에 한국교육원은 14개국
에 34개가 있다. 이들 한국어 교육원에서는 재외 동포을 위주로 한국
어를 교육하고 있으며 이들에게 한국어 및 한국 문화 교육 관련 교재
를 공급하고 있다. 한국교육원에 대한 현황은 다음과 같다.

| 국명 | 교 육 원 명 | 한글학교 | | |
|---|---|---|---|---|
| | | 학교수 | 학생수 | 교원수 |
| 일본 | 동경한국종합교육원 | 21 | 803 | 50 |
| | 가나가와한국종합교육원 | 4 | 400 | 8 |
| | 치바한국교육원 | 4 | 417 | 13 |
| | 니가타한국교육원 | 2 | 45 | 8 |
| | 나가노한국교육원 | 1 | 15 | 2 |
| | 삿포로한국교육원 | 5 | 629 | 19 |
| | 센다이한국교육원 | - | - | - |
| | 오사카한국종합교육원 | 26 | 1,418 | 42 |
| | 고베한국종합교육원 | 5 | 837 | 40 |
| | 교토한국교육원 | 2 | 155 | 10 |
| | 후쿠오카한국종합교육원 | 6 | 258 | 15 |
| | 히로시마한국교육원 | 8 | 434 | 27 |
| | 시모노세키한국교육원 | 2 | 21 | 2 |
| 13 | | 86 | 5,432 | 236 |
| 미국 | 워싱턴한국교육원 | 91 | 4,592 | 799 |
| | 뉴욕한국교육원 | 158 | 9,646 | 1,623 |
| | 시카고한국교육원 | 135 | 5,769 | 1,119 |
| | 휴스턴한국교육원 | 85 | 3,902 | 738 |

| | | | | |
|---|---|---|---|---|
| | 로스엔젤레스한국교육원 | 137 | 12,820 | 1,586 |
| | 샌프란시스코한국교육원 | 75 | 4,951 | 724 |
| 6 | | 681 | 41,680 | 6,589 |
| 러시아 | 블라디보스톡한국교육원 | 52 | 4,236 | 151 |
| | 사할린한국교육원 | 26 | 2,153 | 62 |
| | 하바롭스크한국교육원 | 41 | 4,190 | 122 |
| | 로스토프나도누한국교육원 | 33 | 2,030 | 59 |
| 4 | | 152 | 12,609 | 394 |
| 캐나다 | 캐나다한국교육원 | 96 | 5,882 | 636 |
| 호주 | 시드니한국교육원 | 57 | 4,591 | 443 |
| 영국 | 영국한국교육원 | 20 | 674 | 141 |
| 프랑스 | 프랑스한국교육원 | 14 | 413 | 68 |
| 독일 | 독일한국교육원 | 36 | 1,496 | 192 |
| 파라과이 | 파라과이한국교육원 | 5 | 323 | 23 |
| 아르헨티나 | 아르헨티나한국교육원 | 17 | 1,022 | 155 |
| 브라질 | 쌍파울로한국교육원 | 22 | 1,288 | 147 |
| 8 | | 267 | 15,689 | 1,805 |
| 우즈베키스탄 | 타슈켄트한국교육원 | 114 | 12,560 | 118 |
| 카자흐스탄 | 알마티한국교육원 | 119 | 4,044 | 188 |
| 키르기스스탄 | 비쉬켁한국교육원 | 64 | 1,504 | 62 |
| 3 | | 297 | 18,108 | 368 |
| 합계 | 14개국 34개원 | 1,483 | 93,518 | 9,392 |

<한국교육원 운영 현황(2008년 현재 기준)>

　　제2장(한국어 교육 현황)에서 언급한 바와 같이 한국어 학습자의 연령층은 점차 확대되어 가고 있는 추세에 있다. 특히 청소년층의 한국어 학습자 증가는 특히 주목할 만한 사항 중의 하나라 볼 수 있다. 주지하는 바와 같이 1997년 미국에서 한국어가 세계 언어 중 9번째, 아시아의 언어 중 일본어와 중국어 이어 세 번째로 미국 내 대학 수능시험의 제2 외국어 과목으로 채택되었고, 2002년에는 일본 대학 입시 센터 시험의 외국어 과목으로 한국어가 채택되었다. 비록 제도적으로

아직 한국어 과목이 자리를 잡고 있지는 않으나 미국이나 일본 외의 지역에서도 한국어 학습자층은 점점 확대되어 가고 있다. 2005년에 대만에서는 제2외국어를 중시해 온 경미여고(景美女高)를 시작으로 , 명륜고교(明倫高校), 정치대부고(政治大附高)에서도 잇따라 한국어 반을 개설하였다. 또한 같은 해 인도네시아의 경우에서도 공립 고등학교에서 처음으로 제2 외국어로서 한국어 과목이 개설되었다.

교육과학기술부 재외동포교육과에서는 이러한 추세에 깊은 관심을 보이고 있다. 5개국(미국, 호주, 일본, 브라질, 우즈베키스탄) 6개 기관에 한국어 반 개설, 유지, 확대를 위하여 한국어 자문관을 파견하고 한국어 교원의 인건비뿐만 아니라 교육 기자재나 교구, 교재 개발비를 지원하고 있다.

청소년층을 대상으로 한 한국어의 보급에 대한 노력은 미국 내에서도 활발하다. 미국 현지 법인인 '한국어진흥재단(전신 'SAT Ⅱ 한국어진흥재단)에서는 2000년 이후부터 미국 내 교장·교육감 한국 문화 체험 프로그램을 진행하고 있다. 이 사업은 한국어반 개설 가능성이 있는 중고등학교 교장들이 한국어에 대한 관심을 갖고 한국어반을 개설하도록 하거나 이미 개설한 반을 적극 후원하도록 유도하기 위하여 한국에 초청하여 7-9일간 한국 문화를 알리는 일이다. 이 사업에는 한국의 한국국제교류재단, 한국어세계화재단 등 법인들과 이화여자대학교, 계명대학교 등의 지원이 있었다. 한국어진흥재단에 따르면 2006년도 현재 미국 내 60개 학교에서 5,000여 명이 한국어를 공식적으로 배우고 있다고 한다. 그리고 미국 내 한국어 과목 개설 학교는 조만간 100개 학교를 돌파할 것으로 예상하고 있다. 이것은 1996년 10여 개교와 비교하였을 때 비약적인 증가세라 할 수 있다.

향후 한국어 교육의 효과적인 보급을 위해 청소년층을 대상으로 한 한국어 교육이 보다 활성화되어야 한다는 의견이 모아지고 있다. 이를 위해서는 청소년을 대상으로 한 교육과정 개발과, 교재 및 부교재의 개발이 무엇보다 선행하여 추진되어야 할 것으로 보인다. 또한 이 교육과정이 단순히 정규과정에 개설되는 것에 안주하기보다는 미국이나 일본처럼 한국어가 대학 입학 관련 시험의 한 과목으로 채택될 수 있도록 제도화를 꾀하는 것이 필요할 것이다. 이에 대한 한국 정부의 다각적인 노력과 지원이 절실하다.

교육과학기술부 소속의 한국교육과정평가원에서는 한국어능력시험(Test of Proficiency in Korean, TOPIK)을 주관하고 있다. 이 시험은 한국어를 모국어로 하지 않는 외국인, 재외동포 및 재외국민을 대상으로 한다. 본래 이 시험은 1998년까지 '한국학술진흥재단' 주관으로 치러졌었고 1999년부터 '한국교육과정평가원'에서 이 시험을 담당하게 되었다. 이 시험은 본래 연 1회 시행하였으나 2007년부터 연 2회 시행하고 있다. 2008년 상반기에 이 시험에 응시한 인원은 18개국 67,000여 명이었다. 이 시험은 2006년에 30,259명이 응시했고 2007년에 72,292명이 응시하였는데 최근의 응시 인원의 변화를 고려해 볼 때 한국어 학습자의 양적 팽창을 쉽게 파악할 수 있겠다.

이 시험은 현재 30여 개국에서 시행되고 있다. 이웃나라 일본, 중국을 비롯하여 미국 호주, 캐나다, 필리핀, 말레이시아, 인도, 영국, 싱가포르, 우즈베키스탄, 러시아, 카자흐스탄, 키르기스스탄, 타지키스탄, 아제르바이잔, 베트남, 몽골, 태국, 브라질, 아르헨티나, 파라과이, 미얀마, 방글라데시, 독일, 프랑스 등에서 시행되고 있다. 이들 국가 중 응시생이 많은 국가는 일본, 중국, 미국, 베트남, 우즈베키스탄 순이다.

이 시험은 현재 일반 한국어능력시험(Standard TOPIK, S-TOPIK)과
실무 한국어능력시험(Business TOPIK, B-TOPIK)으로 나뉘어 시행되
고 있다. 이 두 시험의 평가 방법을 비교하여 제시하면 다음과 같다.

| 구분 | 일반 한국어능력시험<br>(Standard TOPIK, S-TOPIK) | 실무 한국어능력시험<br>(Business TOPIK, B-TOPIK) |
|---|---|---|
| 성격 | · 한국 문화의 이해 및 유학 등 학술<br>적 성격에 필요한 한국어 능력 측<br>정·평가 | · 일상생활 및 한국 기업체 취업에 필<br>요한 한국어 의사소통 능력 측정·<br>평가 |
| 평가 영역 | · 어휘·문법, 쓰기, 듣기, 읽기 등<br>4개 영역 | · 어휘·문법, 쓰기, 듣기, 읽기 등<br>4개 영역 |
| 배점 | · 영역별 100점씩 총 400점 | · 영역별 100점씩 총 400점 |
| 시험 종류 | · 초급, 중급, 고급 | - |
| 평가 등급 | · 1~2급(초급), 3~4급(중급),<br>5~6급(고급) | · 점수제 |
| 문제 유형 | · 객관식, 주관식(쓰기) | · 객관식 |

　　외국어로서의 한국어 능력을 평가하는 시험으로 세계한국말인증위
원회에서 시행하는 '세계한국말인증시험(Korean Language Proficiency
Test, KLPT)'이 있다. 이 시험 역시 한국어를 모국어로 하지 않는 외국
인 및 국외 동포를 대상으로 치른다. 평가 영역은 듣기, 어휘, 문법, 읽
기, 담화 등의 영역으로 나뉜다. TOPIK과 KLPT 시험들이 공통적으로
갖고 있는 한계가 있다. 이 시험들이 모두 언어 능력을 평가하는 시험
임에도 불구하고 '말하기' 영역에 대한 평가가 없다는 점이다. 향후 이
'말하기' 영역의 평가 항목의 개발이 요구된다.
　　'한국어능력시험(TOPIK)'의 기출 문제는 '한국어능력시험' 사이트인
http://www.topik.or.kr/의 자료실(>기출문제)로 들어가면 확인할 수 있
다. 그 곳에서 2005년부터 2009년까지 초급, 중급, 고급 등의 문제와

정답과 듣기 자료를 얻을 수 있다.

<한국어능력시험>

교육과학기술부 산하에 국립국제교육원(NATIONAL INSTITUTE FOR INTERNATIONAL EDUCATION, NIED)이 있다. 이 기관은 서울대학교 내 '재외국민교육원'으로 시작하여 국제교육진흥원(1992)을 거쳐 지금의 국제국제교육원이 되었다. 이 기관에서는 '한국교육과정평가원'을 통해 주로 재외동포용 교재 개발하고 이를 보급하는 데에 주력하고 있다. 그간 이 기관에서는 한국어 학습 교재 17종, 교사용 지도서 15종, 문화·역사 교재 5종 등 37종 교재를 개발하였다. 각 교재의 제목 및 개발 언어는 다음과 같다.

| 개발 연도 | 교재명 | 언어 | 대상 |
|---|---|---|---|
| 1999 | 입문한국어 | 스페인/포르투갈 | 초등학생 |
| 1999 | 입문한국어4 상,하 | 일어 | 초등학생 |
| 1999 | 입문한국어 지도서 | 영어 | 초등학생 |
| 1999 | 초급한국어1 지도서 | 일본어/영어 | 초등학생 |
| 1999 | 한국의 역사 | 영어권 | 중,고등 |
| 1999 | 한국의 문화(시청각 자료) | 한국어 | 일반 |
| 2000 | 입문 한국어 | 일어,영어 | 초등학생 |
| 2000 | 초급 한국어5 상 | 영어 | 초등학생 |
| 2000 | 입문,초급2,3,4,5 지도서 | 일어/영어 | 초등학생 |
| 2000 | 한국사 | 일어/스페인어 | 중,고등 |
| 2001 | 한국어1,2 / 한국어회화1,2 | 범용 | 초등학생 |
| 2002 | 한국어3,4 / 한국어 1,2 지도서 | 범용 | 초등학생 |
| 2002 | 한국의 역사 | 일본어 | 중,고등 |
| 2002 | 한국어회화1,2/ 테이프, CD | 범용 | 초등학생 |
| 2003 | 한국어5,6 / 한국어3,4 지도서 | 범용 | 초등학생 |
| 2004 | 한국어5,6 지도서 | 범용 | 초등학생 |
| 2004 | 한국의 역사 개정판 | 범용 | 초등학생 |
| 2005 | 한국어 7,8 | 범용 | 초등학생 |
| 2006-2007 | 한국어 7,8 지도서 | 범용 | 초등학생 |

<재외동포용 교재 개발 현황(~2008년까지)>

상기 교재들은 재외동포를 대상으로 한 것이어서 순수 외국인들을 대상으로 하는 외국어로서의 한국어 교재로 활용하기에는 한계가 있다. 그런데 이들 교재들 중 한국어1-8은 각각에 대한 지도서가 함께 개발되어 있어서 한국어 예비 교원이나 현직 교원들에게 이들이 참고

가 될 수 있을 것으로 보인다.

한편 국립국제교육원에서는 인터넷을 활용한 한국어 학습을 선도하였다. 1998년 개발된 Kosnet(http://www.kosnet.go.kr/)이 그것이다. 한글 자모, 기초 회화, 일상 회화(Ⅰ·Ⅱ), 중급 회화 등의 내용으로 구성되어 있으며 영어, 일어, 중국어, 스페인어 등 4개 국어로 운영되고 있다. 향후 이 온라인 학습 프로그램은 러시아어로도 개발되어 서비스될 예정이다. 한편 국립국제교육원에서는 2008년도에 '러시아판 한국어 교재(고급)'를 개발하였다. 이 기관에서는 한국문화, 역사 등의 콘텐츠을 보강하고 양질의 온라인 한국어 학습을 제공하는 데에 많은 관심을 갖고 있다.

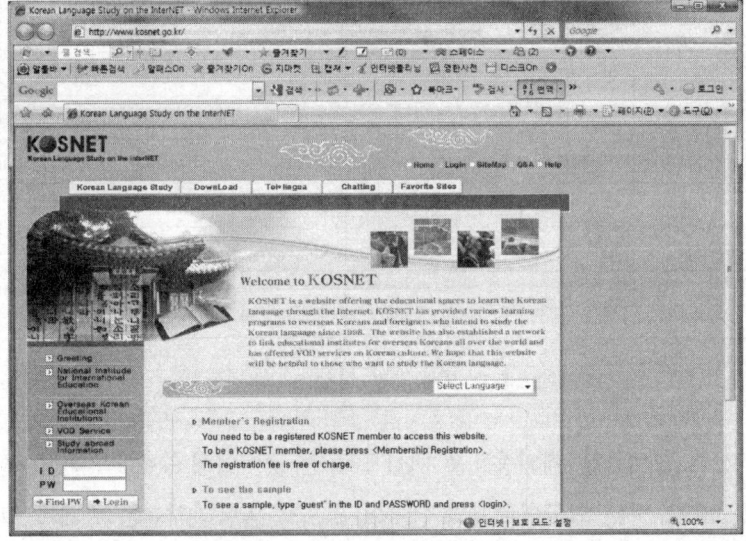

\<KOSNET\>

이 밖에도 2008년도 현재 5개국(미국, 러시아, 우즈베키스탄, 일본, 중국) 10개 지역의 현지 교원 연수 사업을 통해 현지 교원의 자질 향상을 꾀하고 재외동포의 한국어 교육의 내실화를 도모하고 있다.

교육과학기술부 산하 한국학중앙연구원에서는 한국학 프로그램 운영 기관이나 한국학과를 설치할 계획이 있는 기관을 대상으로 강의 교수를 파견하는 사업을 추진하고 있다. 2008년 현재 24개국 26개 대학에 한국학과에 26명이 파견되었다. 객원교수 파견 국가 및 대학의 현황을 보면 다음과 같다.

그루지야(Tbilisi Institute of Asia & Africa)

네덜란드(International Institute for Asian Studies(IIAS) Leiden University)

독일(Eberhard-Karls-University of Tübingen  Institute of Chinese and Korean Studies / University of Bonn)

러시아(Sakhalin State University Korean Philology Department)

멕시코(University Autonomous of Nayarit Pacific Rim Research and Studies Program)

모로코(Mohammed V University Faculty of letters and Human Sciences)

미국(Emory University Department of Russian and East Asian Languages and Cultures)

베트남(하노이 인문사회과학대학교 동방학부 한국학과)

불가리아(Sofia University Center for Eastern Languages and Cultures)

아제르바이잔(Azerbaijan University of Languages)

오스트리아(University of Vienna Institute of East Asian Studies Korean Studies / Leopold-Franzens University of Innsbruck)

요르단(University of Jordan Department of Asian Languages)

우즈베키스탄(Samarkand State Institute of Foreign Languages)

우크라이나(Shevchenko Kiev National University)

이탈리아(Ca'Foscari University of Venice)

중국(Beijing Foreign Studies University)

체코(Charles University)

카자흐스탄(Kazakh State University named after al Farabi)

캄보디아(Royal University of Phnom Penh)

키르키즈공화국(Bishkek Humanities University)

태국(Burapha University)

폴란드(Uniwersytet im. Adama Mickiewicza)

프랑스(Université Paris Diderot-Paris 7)

헝가리(Eötvös Loránd University)

## 3.2. 외교통상부

외교통상부에서는 산하에 한국국제교류재단, 재외동포재단, 한국국
제협력단 등을 두어 한국어 교육 관련 사업을 추진하고 있다.

한국국제교류재단에서는 국외의 한국학자, 한국어 교원, 한국어학
전공자 등 전문가 집단을 대상으로 사업을 하고 있다. 2008년 현재 기
준으로 한국어 교수직 설치 및 강좌 운영 지원, 국외의 한국학 또는
한국어 관련 각종 학술대회 및 행사 지원, 한국어교원 워크숍 및 연수,
교육 자료 개발 지원, 한국어 교수 요원 장학 사업 등을 추진하고 있다.

한국국제교류재단(KOREA FOUNDATION, KF)에서는 국외 대학의

한국어 교수직 설치 및 강사 고용과 관련하여 지원하고 있다. 이 사업은 미국(UC Riverside, 워싱턴대, 메릴랜드대, 하워드대)을 비롯하여, 과테말라(산카를로스대), 덴마크(코펜하겐대), 독일(튀빙엔대, 프랑크푸르트대), 루마니아(부카레스트국립대), 마케도니아(키릴메또디우스대), 멕시코(국립자치대), 벨라루스(벨라루스국립대), 브라질(상파울루대), 아제르바이잔(바쿠국립대), 알제리(알제대학), 에스토니아(탈린대), 엘살바도르(엘살바도르국립대), 요르단(야르묵대), 이집트(한국문화원), 이탈리아(로마대), 캐나다(요크대), 폴란드(바르샤바대, 아담미츠키에비치대), 프랑스(라로셀대, 파리정치대) 등 총 19개국 25개 대학에 한국어를 중심으로 추진되고 있다. 한국국제교류재단에서는 이 사업을 통하여 한국어 강좌가 지속적으로 유지되고 확대되기를 기대하고 있다.

한국국제교류재단에서는 객원 교수 파견 사업을 추진하고 있다. 이 사업은 교육과학기술부 한국학중앙연구원의 강의 교수 파견 사업과 비슷한 사업이라 할 수 있다. 그런데 한국학중앙연구원이 '한국학'에 중점을 두었다면 이 기관에서는 '한국어과'에 초점을 두고 있다는 차이점이 있다. 이 사업은 '한국어과'가 신설, 확대 운영 되는 국외 대학에 원어민 한국어 교육 전문가를 파견하여 한국어 교육의 수준을 높이는 데 그 목적이 있다. 아래의 파견 현황에서 알 수 있듯이 2008년 현재 21개국 34개 대학에 35명이 파견되어 있다.

러시아(노보시비르스크공대, 노보시비르스크대, 이르크추크국립대, 카잔대)

루마니아(바네스-보여이대)

말레이시아(말라야대)

베트남(달랏대, 하노이국립외대)

브루나이(브루나이국립대)

세르비아(베오그라드대)

스리랑카(켈라니아대)

슬로베니아(류블리아나대)

싱가포르(싱가포르국립대)

아르메니아(예레반언어대)

요르단(요르단국립대)

이란(테헤란대)

이집트(아인샴스대)

인도(델리대, 마드라스대)

인도네시아(인도네시아국립대)

중국(남경대, 대외경제무역대, 북경제2외국어대, 중산대)

카자흐스탄(국제관계외국어대)

태국(송클라대, 시나카린위롯대, 실라파건대, 치앙마이라차팟대)

터키(앙카라대, 에르지예스대)

트루크메니스탄(투르크멘국립외국어대)

파키스탄(파키스탄국립대)

한국국제교류재단에서는 현지 한국어 교원의 전문성 제고를 위한 사업을 추진하고 있다. 현지 한국어 교육자를 대상으로 워크숍 및 연수 사업, 현지 한국어 전임 교원 장학 사업, 학술 대회 지원 사업 등이 그것이다. 현지 한국어 교육자를 대상으로 하는 워크숍 및 연수 사업은 2008년도 현재 중국, 일본, 중앙아시아(카자흐스탄, 우즈베키스탄,

키르기스스탄, 타지키스탄), 인도, 유럽(그루지야, 네덜란드, 독일, 루마니아, 불가리아, 스웨덴, 스페인, 아르메니아, 영국, 오스트리아, 우크라이나, 체코, 터키, 폴란드, 프랑스, 핀란드) 러시아 등 총 24개국을 대상으로 추진되었다. 그리고 현지 한국어 전임 교원 장학 사업은 아시아와 중앙아시아 지역의 한국어과 현지 전임 교원을 대상으로 국내 대학에서 한국어교육 관련 학위를 취득하는 데에 지원을 하고 있다. 그리고 미국의 미국한국어교수협회(AATK: The American Association of Teachers of Korean), 중국의 中國·韓國(朝鮮)語 敎育硏究學會 등 한국어 관련 학술 대회를 지속적으로 지원하고 있다.

외교통상부 산하 한국국제협력단(KOREA INTERNATIONAL COOPERATION AGENCY, KOICA)에서는 개발도상국 한국어과 설치 또는 한국어 강의를 원하는 대학이나 고용허가제(Employment Permit System) 관련 사전 연수 기관 및 기타 한국어 교육을 희망하는 공공 기관을 대상으로 한국어 분야 해외봉사단을 파견하는 사업을 추진하고 있다. 이 기관에서는 해외봉사단원을 2년간 현지에 파견하여 현지인을 대상으로 한국어 강의를 실시한다. 다음 현황에서 알 수 있듯이, 2008년 현재 22개국 129개 기관에 199명이 파견되었다.

한국국제협력단(KOICA)의 한국어 분야 해외 봉사단 파견 요원은 국어국문학과, 외국어로서의 한국어교육과, 초등교육, 어문계열을 전공한 자로서 대졸 이상 학력을 소지하여야 한다. 해당 분야를 전공하지 않았을 경우에는 관련 자격증(한국어교원 자격증, 교사 자격증 등)을 소지하거나 초등교육이나 한국어교육에 관한 경력을 갖고 있는 경우에 가능하다.

| 지역 | 국가 | 기관명 | 파견 인원 (명) |
|---|---|---|---|
| 아시아 | 네팔 | 트리뷰반대 외 1 | 2 |
| | 라오스 | 라오스국립대 | 2 |
| | 몽골 | 국립교육대 외 10 | 13 |
| | 미얀마 | 만달레이외국어대 외 1 | 3 |
| | 방글라데시 | 다카대학 한국어센터 외 1 | 3 |
| | 베트남 | 국립하노이외국어대 외 11 | 21 |
| | 스리랑카 | 개방대 외 5 | 12 |
| | 인도네시아 | 가자마다대학교 외 12 | 16 |
| | 중국 | 강소성 강도 직업 고급중 외 7 | 8 |
| | 캄보디아 | 국립경영대 외 8 | 18 |
| | 태국 | 노동부기술개발국 외 3 | 6 |
| | 파키스탄 | 국제어학대 외 1 | 5 |
| | 필리핀 | 관광국 외 8 | 24 |
| 아프리카 | 이집트 | 아인샴스대 외 3 | 10 |
| | 튀니지 | 마누바대 외 1 | 2 |
| 중남미 | 에콰도르 | 끼또 파시피코대 | 1 |
| | 파라과이 | 교육문화부 | 1 |
| | 페루 | 뜨루히요국립대 외 2 | 3 |
| 동구 · CIS | 우즈베키스탄 | 경제대 외 18 | 27 |
| | 우크라이나 | 르보프국립대 외 5 | 6 |
| | 카자흐스탄 | 광성전문대 외 10 | 14 |
| 중동 | 요르단 | 국립요르단대 | 2 |
| 총합 | 22개국 | 129개 기관 | 199 |

<한국국제협력단 한국어교육 해외봉사단 파견 현황>

재외동포재단(OVERSEAS KOREANS FOUNDATION)에서는 미국, 중국, 일본, 중앙아시아 등 재외동포를 대상으로 사업을 추진하고 있다. 재외동포재단에서는 주로 110여 개국 2,100여 개의 한글학교, 2개국 25개의 민족학교 등의 교육 기관을 대상으로 해당 기관의 운영과

관련된 지원 사업을 하고 있다. 운영비, 보조교재(한글 비디오, 동화책 등)를 관련 기관에 지원한다. 한글학교의 효율적 운영을 위하여 한글학교의 교장, 이사회 관계자를 초청하여 국내의 초등교육 기관 등을 견학하는 사업도 추진하고 있다. 또한 재외한글학교 협의회 관계자를 초청하여 협의회의 역량을 강화하는 초청 연수 사업도 추진하고 있다. 그리고 한글학교의 교사 역량을 강화하기 위한 한글학교 교사 연수 사업을 추진하고 있다. 2008년도 현재 35개국 한글학교의 교사 현지 연수, CIS지역 한국어교사 초청 연수 사업 등이 이에 해당된다.

재외동포재단에서는 재외동포 청소년을 대상으로 한국어 교육 사이트(htpp://study.korean.net/)를 운영하고 있다. 영어, 일본어, 중국어, 러시아 어 등 4개 언어로 운영되며 한국어와 한국 문화, 학생 토론방, 교사 토론방, 교사 자료실 등으로 구성되어 있다.

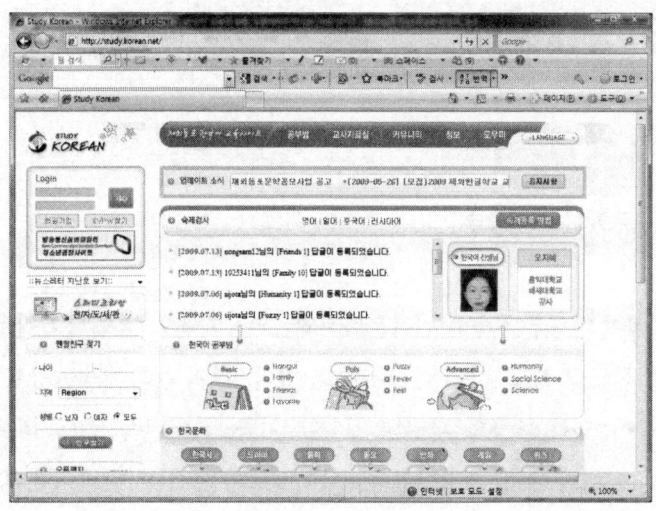

\<STUDY KOREAN\>

한국 문화 항목 안에는 한국사, 드라마, 동화, 동요, 만화, 게임, 퀴즈 등 다양한 콘텐츠 등을 제공하고 있어 학습자들뿐만 아니라 한국어교원들에게도 많은 관심을 끌고 있다.

<STUD KOREAN>

## 3.3. 문화체육관광부

문화체육관광부은 국어민족문화과와 소속 기관인 국립국어원을 중심으로 한국어 보급 사업을 추진하고 있다. 과거 문화체육관광부에서의 한국어 국외 보급과 관련된 사업은 지금 '국어민족문화과'의 전신인 '국어정책과'에서 추진되었다. '국어정책과'에서는 '한국어세계화추진위원회'를 통해 1998년부터 한국어와 관련 연구 사업을 추진하였고

2001년부터는 재단법인 한국어세계화재단을 통하여 한국어 관련 사업을 진행하였다. 2005년 국어 관련 정책 업무가 국립국어원(국립국어원의 전신은 국립국어연구원이다.)에 이관되면서 한국어 국외 보급 관련 사업은 국립국어원에서 담당하게 되었다. 그런데 2009년 다시 정책 업무가 문화체육관광부의 국어민족문화과로 이관되면서 한국어 관련 업무가 다시 재조정 단계에 있다.

국립국어원(THE NATIONAL INSTITUTE OF THE KOREAN LANGUAGE)에서 추진하고 있는 한국어 관련 주요 업무 중 하나는 한국어교원 자격을 부여하는 일이다. 최근의 한국어 학습자가 늘어나고 있는 현재의 상황에서 시급한 사항의 하나는 이들을 가르칠 한국어 교원을 육성하는 일일 것이다. 2005년 국어기본법이 제정되면서 한국어교원 자격이 비로소 제도화되었다. 한국어교원 관련 국어기본법 시행령의 내용은 아래와 같다.

**국어기본법 시행령 - 한국어 교원 자격 관련 부분 -**

제13조(한국어교원 자격 부여 등) ① 법 제19조제2항의 규정에 의하여 재외동포나 외국인을 대상으로 국어를 가르치는 자(이하 "한국어교원"이라 한다)의 자격은 다음 각 호와 같다.

1. 한국어교원 1급

   한국어교원 2급인 자로서, 대학 또는 이에 준하는 외국의 대학에서 외국어로서의 한국어를 가르친 경력과 대학 또는 이에 준하는 외국의 대학에 부설된 외국어로서의 한국어교육 과정에서 한국어를 가르친 경력(이하 "한국어교육경력"이라 한다)이 5년 이상인 자

2. 한국어교원 2급

가. 외국어로서의 한국어교육 분야를 주전공 또는 복수전공으로 하여 학사 이상의 학위를 취득한 자로서, 별표 1에서 정한 영역별 필수이수학점을 취득한 자

나. 제3호 가목에 해당하는 한국어교원 3급인 자로서, 한국어교육경력이 3년 이상인 자

다. 제3호 나목에 해당하는 한국어교원 3급인 자로서, 한국어교육경력이 5년 이상인 자

3. 한국어교원 3급

가. 외국어로서의 한국어교육 분야를 부전공으로 하여 학사 이상의 학위를 취득한 자로서, 별표 1에서 정한 영역별 필수이수학점을 취득한 자

나. 별표 1에서 정한 영역별 필수이수시간을 충족하는 한국어교원 양성과정을 이수하고, 제14조의 규정에 의한 한국어교육능력검정시험에 합격한 자

② 문화체육관광부장관은 제1항의 규정에 의한 영역별 필수이수학점 또는 필수이수시간에 관한 사항을 심의하기 위하여 문화체육관광부에 한국어교원자격심사위원회를 두되, 그 구성과 운영에 관하여는 문화체육관광부장관이 정하여 고시한다.<개정 2008.2.29>

③ 문화체육관광부장관은 제1항의 규정에 의한 자격을 갖춘 자에게 별지 제1호서식의 한국어교원 자격증을 교부한다.<개정 2008.2.29>

제14조(한국어교육능력검정시험 실시) ① 문화체육관광부장관은 외국어로서의 한국어교육의 질을 높이기 위하여 매년 1회 이상 한국어교육능력검정시험(이하 "한국어교육능력검정시험"이라 한다)을 실시하여야 한다.<개정 2008.2.29>

② 한국어교육능력검정시험의 영역 및 검정방법은 별표 2와 같다.

③ 한국어교육능력검정시험의 합격자는 필기시험에서 각 영역의 40
   퍼센트 이상, 전 영역 평균 60퍼센트 이상 득점하고 면접시험에
   합격한 자로 한다.

④ 문화체육관광부장관은 한국어교육능력검정시험의 출제·시행·
   채점 및 관리에 관한 업무를 다음 각 호의 요건을 갖춘 관련 전문
   기관이나 단체로 하여금 수행하게 할 수 있다.<개정 2008.2.29>

1. 비영리법인일 것

2. 한국어교육능력검정시험을 실시할 수 있는 인력과 시설을 갖출 것

3. 한국어교육능력검정시험에 관한 전문성을 갖출 것


상기 시행령에 따르면 한국어 교원은 한국어교원 1급, 한국어교원
2급, 한국어교원 3급 등 총 세 단계로 구분된다. 상기 제도상 한국어교
원 자격을 취득하기 위한 사람들은 외국어로서의 한국어교육 분야를
부전공, 전공, 복수전공으로 학사 이상의 학위를 취득하거나 국어기본
법 시행령에서 정한 영역별 필수이수시간을 충족하는 한국어교원 양
성 과정을 이수하고 반드시 '한국어교육능력검정시험'에 합격하여야
한다. 별표1(한국어교원 자격 취득에 필요한 영역별 필수이수학점 및
이수시간)의 내용은 다음과 같다.

| 번호 | 영역 | 과목 예시 | 대학의 영역별 필수이수학점 | | 대학원의 영역별 필수이수학점 | 한국어 교원 양성 과정 필수이수 시간 |
|---|---|---|---|---|---|---|
| | | | 주전공 또는 복수전공 | 부전공 | | |
| 1. | 한국어학 | 국어학개론, 한국어음운론, 한국어문법론, 한국어어휘론, 한국어의미론, 한국어화용론(話用論), 한국어사, 한국어어문규범 등 | 6학점 | 3학점 | 3~4 학점 | 30시간 |
| 2. | 일반언어학 및 응용언어학 | 응용언어학, 언어학개론, 대조언어학, 사회언어학, 심리언어학, 외국어습득론 등 | 6학점 | 3학점 | | 12시간 |
| 3. | 외국어로서의 한국어 교육론 | 한국어교육개론, 한국어교육과정론, 한국어평가론, 언어교수이론, 한국어표현교육법(말하기, 쓰기), 한국어이해교육법(듣기, 읽기), 한국어발음교육론, 한국어문법교육론, 한국어어휘교육론, 한국어교재론, 한국문화교육론, 한국어한자교육론, 한국어교육정책론, 한국어번역론 등 | 24학점 | 9학점 | 9~10 학점 | 46시간 |
| 4. | 한국 문화 | 한국민속학, 한국의 현대문화, 한국의 전통문화, 한국문학개론, 전통문화현장실습, 한국현대문화비평, 현대한국사회, 한국문학의 이해 등 | 6학점 | 3학점 | 2~3 학점 | 12시간 |
| 5. | 한국어 교육 실습 | 강의 참관, 모의 수업, 강의 실습 등 | 3학점 | 3학점 | 2~3 학점 | 20시간 |
| | 합계 | | 45학점 | 21학점 | 18학점 | 120시간 |

외국어로서의 한국어교육 관련 학위를 취득할 수 있는 교육 기관은 학사 과정에서 17개 대학, 교육 대학원 등 특수대학원에서 17개 대학 일반대학원 18개 대학 등 50여 개에 이른다. 이들 중 일부를 제시하면 다음과 같다.

학사
경희대학교 외국어대학 동아시아어학과군 한국어학과
경희사이버대학교 한류문화언어학과(사이버대학)
계명대학교 한국문화정보학과

대불대학교 관광학부 국제한국어학과

동신대학교 국제한국어학과

배재대학교 외국어로서의 한국어학과

부산외국어대학교 외국어로서의 한국어학과

사이버외국어대학교 한국어학부(사이버대학)

선문대학교 국제평화대학 한국언어문화학과

세명대학교 미디어학부 외국어로서의 한국어 교육 전공

숙명여자대학교 국제한국어교육전공(연계 전공)

이화여자대학교 한국학 연계 전공(연계 전공)

중부대학교 사회과학대학 인문사회계열 한국어학과

한국외국어대학교 사범대학 외국어로서의 한국어교육학과


교육대학원

경희대학교 교육대학원 외국어로서의 한국어교육 전공

고려대학교 교육대학원 외국어로서의 한국어교육 전공

군산대학교 교육대학원 외국어로서의 한국어교육 전공

부산외국어대학교 교육대학원 외국어로서의 한국어교육 전공

상명대학교 교육대학원 외국어로서의 한국어교육 전공

선문대학교 교육대학원 외국어로서의 한국어교육 전공

연세대학교 교육대학원 외국어로서의 한국어교육 전공

영남대학교 교육대학원 외국어로서의 한국어교육 전공

이화여대 교육대학원 외국어로서의 한국어교육 전공

이화여대 국제대학원 한국학과 한국어교육 전공

한국외국어대학교 교육대학원 외국어로서의 한국어교육 전공

한양대학교 교육대학원 외국인을 위한 한국어교육 전공

일반대학원

경희대학교 일반대학원 한국어학 전공

계명대학교 일반대학원 한국학과

동국대학교 일반대학원 국어국문학과 외국어로서의 한국어교육 과정

동덕여자대학교 일반대학원 협동과정 한국어학과

배재대학교 국어국문학과 외국어로서의 한국어교육 전공

부산대학교 대학원 협동과정

부산외국어대학교 일반대학원 외국어로서의 한국어교육학과

상명대학교 일반대학원 한국학과 한국언어문화 전공

서울대학교 사범대학원 한국어교육 전공

영남대학교 인문대학 외국어로서의 한국어학과

한국외국어대학교 일반대학원 국문과 외국어로서의 한국어교육(세부
　　전공)

　외국어로서의 한국어교육 전공을 이수하지 않은 일반인이 한국어 교원이 되고자 할 경우 한국어교원 양성과정을 이수하고 한국어교육 능력검정 시험에 합격할 경우 한국어교원 3급을 취득할 수 있다.

　한국어교원 양성 과정은 2006년 3월 당시 전국적으로 31개가 운영 되는 것으로 확인되었다. 그런데 2009년 현재 100여 곳이 운영되는 것 으로 보인다. 3년 사이 무려 3배 이상의 양적 팽창이 있었다. 대학 부 설 기관에서 운영하는 것이 거의 대부분을 차지하고 있기는 하지만 공 공단체나 사설 단체 등에서도 이 과정을 운영하고 있다는 점에서 이러 한 양적 팽창은 오히려 한국어 교원의 전문성 제고를 위한 법적 취지 에 역행하고 있는 듯이 보인다. 한편 대학 부설 기관에서 운영되는 경

우에서도 약 13개 대학에서 이 과정을 복수로 운영하고 있어 한국어 교원 양성 과정이 지나치게 난립하고 있는 것이 아니냐는 우려를 낳고 있다. 현재 운영 중인 한국어교원 양성 과정 기관을 제시하면 다음과 같다.

강남대학교, 강릉대학교, 강원대학교, 강원대학교(삼척캠퍼스), 건국대학교, 건국대학교(충주캠퍼스), 건양대학교, 경기대학교, 경동대학교, 경북대학교, 경상대학교, 경희대학교, 경희대학교, 계명대학교, 고려대학교, 공주대학교, 군산대학교, 금오공과대학, 남서울대학교, 단국대학교, 대구YMCA, 대구가톨릭대학교, 대구대학교, 대전대학교, 대전대학교, 동국대학교, 동국대학교(경주캠퍼스), 동아대학교, 동아대학교, 동의대학교, 디지털서울문화예술대학교, 마이한글닷컴, 명지대학교, 배재대학교, 부산대학교, 부산동래여성인력개발센터, 부산외국어대학교, 부산외국어대학교, 빛세계선교회, 상명대학교, 서강대학교, 서울교육대학교, 서울대학교, 서울대학교, 서울문화예술대학교, 서울시립대학교, 서울신학대학교, 서울여자대학교, 서울외국어대학원대학교, 서원대학교, 선문대학교, 성균관대학교, 성신여자대학교, 세명대학교, 숙명여자대학교, 순천향대학교, 순천향대학교, 시사중국어학원, 신라대학교, 아주대학교, 안동대학교, 연세대학교, 영남대학교, 영동대학교, 우석대학교, 울산대학교, 울산인적자원개발지원센터, 원광보건대학, 위덕대학교, 이화여자대학교, 인제대학교, 인천광역시, 인하대학교, 전남대학교, 전북대학교, 전북대학교, 전주대학교, 전주대학교, 조선대학교, 중앙대학교, 창원대학교, 청주대학교, 충남대학교, 충남대학교, 충북대학교, 평택대학교, 한국방송통신대학교, 한국산업인력공단, 한국외국어대학교, 한남대학교, 한림대학교, 한밭대학교, 한서대학교, 한세대학

교, 한양대학교, 호서대학교, 호서대학교(서울캠퍼스), 홍익대학교, IOA
평생교육원

한국어교육능력시험은 재단법인 한국어세계화재단(THE INTER-
NATIONAL KOREAN LANGUAGE FOUNDATION, IKLF)에서 2006
년부터 2008년까지 3년간 총 3회의 시험을 주관하였다. 아래 표에서
알 수 있듯이 그간 이 시험에 응시한 인원은 총 4,512명이며 그 중
1,232명이 합격하였다.

| 연도 | 회 | 응시자 | 최종합격 | 합격률 |
|------|------|--------|----------|--------|
| 2006 | 제1회 | 1,022명 | 342명 | 34.5% |
| 2007 | 제2회 | 1,662명 | 455명 | 27.4% |
| 2008 | 제3회 | 1,828명 | 435명 | 23.8% |
| 합 | | 4,512명 | 1,232명 | |
| 평균 | | | | 28.2% |

<한국어교육능력검정시험 응시 및 합격 현황>

제1회 이후 응시자의 수는 꾸준히 증가하고 있지만 합격률은 점점
떨어지고 있는 추세다. 향후 여러 변인이 있을 것으로 예상되나 급격
하게 늘어나는 한국어교원 양성 과정의 수나 그 과정을 이수하고 있는
수강생의 증가를 고려해 볼 때 이 시험의 응시생은 조만간 2000여 명
을 훌쩍 뛰어넘을 것으로 예상된다. 이 시험은 2009년부터 국가고시의
통합 시행 정책으로 한국산업인력공단에서 주관하게 된다.

한국어교육능력검정시험을 합격한 경우 바로 한국어교원자격증을
받는 것은 아니다. 시험에 합격한 경우 합격증을 받는 것으로 절차가

끝난다. 시험에 합격한 예비교원은 국립국어원에서 한국어교원 자격
심사 관련 공고가 있을 때 한국어교육능력검정시험의 합격증과 교원
양성 과정의 수료증을 함께 제출하여 심사를 받아야 한다. 그리고 심
사 과정에서 아무 문제가 없을 때 한국어교원 자격증을 받게 되어 있다.

국립국어원에서 발급한 한국어 교원 자격증을 발급한 수는 2009년
상반기 현재 3,013명이다. 학위 과정의 기관 수와 매년 치르는 한국어
교육능력검정시험의 응시생과 합격률을 감안할 때 한국어교원 자격
취득자는 매년 800여 명 이상씩 늘어날 것으로 예상한다.

| 연도 | 총 합격자 | 2급 합격자 | 3급 합격자 |
|---|---|---|---|
| 2006년 | 868 | 269 | 599 |
| 2007년 | 639 | 185 | 454 |
| 2008년 | 842 | 341 | 501 |
| 2009년(전반) | 664 | 307 | 357 |
| | 3,013 | 1,102 | 1,911 |

<한국어교원자격증 발급 현황>

문화체육관광부와 국립국어원에서는 국외의 현지인을 대상으로 한
국어와 한국문화를 보급하는 사회교육원 형태의 현지 교육 시설인 세
종학당을 개설하고 이에 따른 운영을 지원하고 있다. 현재 세종학당은
총 5개국 17개소가 운영 중에 있다. 국립국어원은 세종학당의 효율적
운영을 위하여 2007년에는 세종학당 교육과정을 개발하였다. 그리고
2008년에는 세종학당의 교재로 활용하기 위하여 한국어세계화재단에
서 출간하였던 '초급 한국어' 교재, 읽기·쓰기·말하기·듣기를 5개
국어(몽골어, 타갈로그어, 베트남어, 중국어, 태국어)로 출간하여 해당

기관의 교재로 활용되고 있다.

몽골(몽골국립대, 몽골국립사범대, 울란바타르대)
미국(LA문화원)
중국(광동외어외무대학, 내몽고, 북경외대, 북경중원광대, 서안외대,
　　양주대, 연변과기대, 연변대, 인민대, 천진외대, 해양대)
카자흐스탄(카자흐국립대학)
키르기스스탄(비슈케크)

국립국어원에서 그간 다양한 한국어 교육 자료를 개발하여 왔다. Korean Through English 1·2·3(1992)을 비롯하여 드라마로 배우는 생생 한국어 DVD 1·2(2007), 초급 한국어(쓰기·듣기·읽기·말하기-영어 판 2006), 초급 한국어(쓰기·듣기·읽기·말하기-중국어, 태국어, 타갈로그어, 베트남어, 몽골어 판, 2008) 등 초급, 중급 한국어 학습자들을 대상으로 한국어 교재를 개발하였다. 또한 '외국인을 위한 한국어 학습 사전'(2006), '우리문화 길라잡이'(2002), '외국인을 위한 한국어 문법 1-체계편'(2005), '외국인을 위한 한국어 문법 2-용법편'(2005), '바른 소리'(2004) 등 한국어 교육에 필요한 다방면의 자료를 개발하였다.

이 밖에도 국립국어원에서는 한국어세계화재단을 통하여 2007년에 한국어 교육 관련 국내외 웹사이트에 대한 현황을 조사하였다. 국내외 총 452개 웹사이트를 대상으로 웹사이트 이름, 인터넷 주소(URL), 운영 주체, 국가(지역), 웹사이트의 목적, 콘텐츠의 주제 영역, 지원 언어, 한국어 교육 관련 주요 메뉴, 회원제 실시 여부, 콘텐츠 이용료 부과

여부, 대상 이용자층, 한국어 교육/학습 콘텐츠의 자료 유형, 언어활동 영역, 학습 구성 요소 등 정보를 수집하여 분석하였다.

한국어세계화재단에서는 국립국어원의 수탁 사업으로 2007년부터 2008년까지 국내외 한국어 교재 백서 발간 사업을 추진하였다. 이 보고서는 국내외에서 간행된 3400여 종의 서지 목록을 제시하고 있으며 주요 한국어 교재 400여 권을 심층 분석하여 한국어 교육 관련자(정책 결정자, 교사, 학습자 등)에게 국내외 한국어 교재의 활용과 교재 개발에 필요한 종합적인 정보를 제공하고 있다.

재단법인 한국어세계화재단은 2001년 설립되어 문화체육관광부 및 국립국어원의 국외 보급 관련 사업을 위탁 받아 여러 사업을 수행하여 왔다. 한국어교육을 위한 기초 자료 구축 사업과 한국어교원 양성 사업이 사업의 큰 축을 이루었다. 기초 자료 구축 사업의 결과물은 앞서 언급한 바 있는 '초급 한국어(쓰기 · 듣기 · 읽기 · 말하기, 영어 판 2006), '외국인을 위한 한국어 학습 사전'(2006), 한국어 문형사전(웹사이트에 탑재) 등을 들 수 있다. 한편 한국어 교원 양성을 위한 여러 사업이 설립 이후 계속 추진되었다. 그 중 대표적인 사업 중 하나는 한국어교육 총서 발간이었다. '한국어발음교육'(2003), '한국어 교수법'(2005), '한국어 평가론'(2006), '한국어 문법교육'(2008) 등이 그것이다.

## 4. 나오는 말

한국어교육은 1988년 서울올림픽 이후 20년 동안 비약적인 발전을 거듭해 왔다. 그리고 최근의 2002년 한일 월드컵의 성공적인 개최와 한류의 열풍은 이를 더욱 가속화시키고 있다. 국내외 한국어교육 기관의 개원이 가파른 증가 추세에 있고 정부 기관은 물론이고 민간 교육 기관에서의 교원 양상은 물론이고 민간 출판사에서도 다양한 한국어 교재 출판 사업을 지속적으로 확대하여 추진 중에 있다. 한국어세계화재단에서 조사한 바에 따르면 현재 33개국에서 3,399종의 한국어 교재가 개발된 것으로 보고되었는데 그중 60%가 2000년 이후에 개발되었다는 점이 이를 잘 뒷받침해준다.

이러한 급변하는 환경 속에서 다양한 사업이 여러 기관에 의해 추진되고는 있지만 아쉬운 점도 한두 가지가 아니다. 앞서 언급하였듯이 문화체육관광부가 주최가 되어 한국어 국외보급 협의회가 결성되었고 이 협의회가 매년 분기마다 협의하고 있기는 하지만 여전히 장기적인 안목에서의 한국어 교육 사업을 추진하는데 여러 가지 한계에 부딪치기 때문이다. 여러 기관과의 유기적인 관계 속에서 짜임새 있는 사업 추진이 어느 때보다 절실하다.

국내의 한국어 교육은 국외의 한국어 교육을 토대로 이루어진다고 볼 수 있다. 국외의 한국학습자의 저변을 확대하는 사업을 좀 더 효율적이면서도 집중적으로 추진할 필요성이 제기되는 것이다. 이를 위해서는 무엇보다 한국어 학습자의 연령대를 지속적으로 낮추는 정책이 필요하다. 국외의 교장, 교감, 장학사, 관련 공무원 등을 대상으로 한 한국 홍보 사업이 지속적으로 추진되어야 할 것이며 청소년의 한국어 학습이 대학 진학 등에 보탬이 될 수 있도록 해당 국가의 대학 입시 과목에 한국어 과목이 포함되어야 한다.

2005년 국어기본법으로 한국어교원이 제도화되었다. 이로 인하여 국내에서는 한국어교원을 많이 확보하게 되었고 앞으로도 적지 않은 한국어교원이 확보될 예정이다. 그런데 한국어교원은 국내에서 필요한 것만은 아니라는 데 있다. 국내와는 비교도 안 될 국외의 한국어 학습자에게 어느 무엇보다 필요한 것이 전문성이 있는 한국어교원이라는 점이다. 이 점에서 현행 한국어교원제도는 보완이 시급하다 하겠다.

저자약력

김영수 　중국 연변대학교 교수
강은국 　중국 복단대학교 교수
남윤진 　일본 동경외국어대학교 교수
황인수 　필리핀 정인재단 이사장
백창훈 　인도네시아 한국어학원 대표
오광근 　한국 세계화재단 연구실장

이화다문화총서 교육 1

# 외국에서의 한국어 교육(Ⅰ)

초판인쇄 2009년 8월 27일
초판발행 2009년 9월 　8일

이화여자대학교 다문화연구소 편

발 행 인 윤석원
발 행 처 도서출판 박문사
책임편집 조성희
등록번호 제2009-11호

우편주소 서울시 도봉구 창동 624-1 현대홈시티 102-1206
대표전화 (02) 992 / 3253
팩시밀리 (02) 991 / 1285
전자우편 bakmunsa@hanmail.net

ISBN 978-89-94024-02-8 93810 　　　　정가 9,000원